中公文庫

目まいのする散歩

武田泰淳

中央公論新社

目次

目まいのする散歩

目まいのする散歩

六月の午前七時、久しぶりの好天気に誘われて、山小屋を出る。医師に禁じられた酒をのむと、ついふらふらと無理がしたくなる。外出する必要は全くないのに、庭の坂を上りつめて、門の外へ出た。多少の努力感はあったが、警戒していためまいの現象は起らない。自動車道路まで行ってみようと歩きだす。まだ大丈夫である。自動車道路は坂道になっているので、スピードを出した車がくると危険である。横断すると上り道になり、その先に石山がある。石山まで行く途中は舗装されていないで、雨に洗い流された石がごろごろしている。そこまで行きつけば、西湖の村々が樹海の遥か彼方に見渡せる。石山の向い側は西洋人の別荘であるが、人の気配はない。西洋人が一家できているさいは、目はしのきく西洋人の子供が顔を出して、石山で眺望を楽しんでいる私を面白がるか、それとも怪しむかして、様子をうかがいに近よってくるので、気が静まらない。石山というのは、頑丈な岩盤をダイナマイトで爆破したあとであり、大きな岩がわれてつみ重なっていて、異様な風景である。その一段低い前側がブルドーザーでならされていて、樹木の生い茂った沢に面している。そこは、どういうものか草が生え茂らないで、溶岩の台地をいつもむきだしている。遠くの低地からふき上げる風が心地よい上に、特別上等な場所と思われて爽快な気持になる。いままでやったことはないが、座禅の真似をして坐りこんだ。座禅に対しては、わざとらしくて一種の抵抗を感じたが、誰もみていないことだし「自分は座禅をしているわけではない」という心づもりもあったりして、自然にあぐらを組んだ。二、三度尻の下の加減をみてから、じっとしていると、足を投げだしたり、揃えたりして普通に坐っているよりも具合がいいように思われた。富士山は、今上ってきた坂道の正面に頭をのぞかせているはずだった。坐っている場所からは、全く見えないはずだし、第一、富士山には背をむけて坐っている。やがて、立ち上るとめまいがきた。—やっぱり思ったとおりだ。そんなにうまくいくはずがない」と考えながら（考えるといっては、どうも意味がはっきりしすぎていて、本当は、もっとぼんやりした感じだが）しゃがみこむ。まだ体が不安定で、揺れ方がひどいので、そのまま、地べたに仰向けに寝てみた。凸凹した地べたは寝心地がいいとはいえないし、自分の恰好が適当か否かも、よく定めがたいが、他人に迷惑をかけるわけではなし、その瞬間の自分にはふさわしいやり方だと思った。目をつぶっているので、あたりは暗くなったが、別にひどい状態がきたというわけではない。あんまりいいざまではないと感じて立ち上ろうとしたが、やはり駄目だった。鳥の啼き声は、あいかわらずしている。陽もよくあたっている。少し待っていれば、やがて元通りになる、という自信があるので静かにしていた。

『中央公論』の新人賞の選者にえらばれたのは、伊藤整、三島由紀夫、それに私の三人だった。その二人は死んでしまったが、一人はガンを患っての病死だし、一人は割腹自殺だった。一人はひっそりと冷静に（と外部には想像されたが）死を迎え、一人はその自殺した日がいつまでも忘れられないほど、よく晴れた十一月に、一世を驚愕させて、はなばなしく死んでいった。私はどんな死に方がいいだろうか、と冗談めかして話題にしたとき、二人とはちがった死に方をするとすれば、殺される、刺殺される、処刑される、あるいは誰にもわからぬやり方で抹殺される死に方がいいだろうとしゃべったことがあった。理くつはその通りだが、殺されるチャンスなど、私を訪れるはずもなかった。だが、今、何の苦痛もなく、ただ寝そべっているだけの自分を発見したとき「恍惚死」ということが思い浮んだ。「恍惚死」といえば聞えはいいが、ボケて死ぬことである。そうなれば、自分にとっては大へん楽で、じたばたしないでもすむことである。しかし、なんぼなんでも、私のような人間が、そのような安楽な死を遂げられようとは信じていなかった。深沢七郎氏が「武田さんはきっと死ぬときには、あわてず騒がず死ぬでしょうな」と真剣に質問したとき「いや、とんでもない。僕は必ずじたばたして死ぬにきまっているよ」と答えたことがあった。

　こじゅけいか、きじか、大きな羽音をさせて舞い上ってから、すぐ舞い下りて地面を歩く鳥の足音が聞えた。自分の病状を他人に説明するよい手がかりができたという判断がわいたのだから、つまり、自分の病気とか、死とかを、自分で演出してみたい気持が多少あったのかもしれない。私は演出とか演技とかは、苦手なタチで、その点は、とおく三島氏には及ばなかった。それ故、意志や能力なしに、演出や演技に近づけるものなら、これに越したことはなかった。

　三度めか、四度めに立ち上ったときに、めまいが消えたので、坂道をひき返そうとして、十歩ばかり歩くと、また、めまいがきた。出来るだけ、ゆっくりと右に左に傾きながら歩いた。そして、また、しゃがみこんだ。今度は、ねころんだりしないで、どうやら保つことが出来た。自動車道路を一気に横断して、両側に樹木が茂っているところで、また、しゃがみこんだ。ガードマンを二人乗せたジープが走ってきて、しやがみこんでいる私のすぐそばで止まった。一人が降りてきて「別荘にいらっしゃったのですか」とたずねた。私は別荘客にはふさわしからぬ服装をしていた。上着もズボンもどちらかといえば、土地のじいさんのような姿だった。だからガードマンは特に「別荘にきていらっしゃるのですか」と怪しんだにちがいない。私は姿勢正しく立ち上って、「一四一号の武田です」と出来るだけ明確に答えてから、二人がジープに乗りこむまで、その様子を反対に確かめるように、取調べでもするように見つづけていた。そのうちの若い方には見覚えがあった。「富士」執筆に熱中している頃、熊が一頭、庭を横切ったことがあった（もしかしたら、その頃から幻覚がはじまっていたのかもしれないが）。女房が管理所に報告に行くと「えッ、熊が」といって熊狩りに参加しなかったのは、そのガードマンだった。浅間山荘事件がテレビでうつしだされる頃で、このあたりの別荘地も警戒しているらしかったが、あのガードマンでは、一人の学生もつかまえられまいと思ったりした。そのとき、また、めまいがしてきたが、それを見とがめられるのがいやなので、彼らが走り去るのを待ってから、また、しゃがみこんだ。家の門から、家にたどりつくまでの間に、まだ、二回ほど休まねばならなかった。坐りこんだまま、手の届く限り、あたりの草を、やたらにむしりとった。

まだ、むしりとらねばならぬ草が沢山生えてしまっていて、庭が汚なくなることが気がかりだったからだ。

「すべてのことは、たいがい無事にすむものだ」と、いつも通りの結論に達した。そして、散歩というものが、自分にとって、容易ならざる意味をもっているな、と悟った。

東京にいるとき、私の散歩する場所は、明治神宮、武道館、代々木公園の三つに定められている。その三ヶ所ともに駐車場があり、車が走っていず、坂がない平地だからである。いろいろ思い合わせてみて「あらかじめ定められた散歩」という名文句、あるいは題に思い及んだ。散歩という意味を広く解釈して、人間の運命は生れたときから、あらかじめ定められているというようにうけとれもするし、地球のどこかに住みついているからには、散歩とか旅とかいっても、あらかじめ空間的に決定されている行動範囲は、どうせ限定されているからだ。

上にあげた三つの場所は、どれも、私の現住所である赤坂から十分せいぜいでゆける。車を降りて歩きだせば、そこが申し分のない散歩の範囲である。

明治神宮には外人旅行客が多い。私が明治神宮を散歩の一つにはじめて選んだ頃は、日本人の参拝者も、外国人の旅行者もまれであったのに、年毎にその数がふえだして、時間と週日によっては、外人の方が一般人よりも多い位である。彼らは多くは団体客で、無料休憩所のある参道の中ほどから、つながって現われてくる。外人女たちの服装は遠くからでも目立つし、去年は明るい赤色の衣服が多いとすれば、今年はグリーンのパステルカラーが多いといった按配で、もしかすると日本の流行の先端は彼女たちの服装から予定出来そうだった。外人専用の観光バスのコースの最初の地点に指定されているのかもしれなかった。最初の地点であるため、みな午前中の元気がまだ一杯なので、その声も楽しげに高く響くのだった。

私は守衛さんの立っている駐車場(それは、車をとめてはいかがかと思われるように、少しいかめしくて、いつもとめてある車の数もまばらなのであるが)に車の先を正しく前に向けて、ほかの車との間にすきまのないように、ぴっちりとつけ、車を降りる。それは後向きにつっこんでとめて守衛さんに注意されたことがあるからである。車をとめるまでは一種の緊張があって、守衛詰所に休んでいる守衛さんにも、かなり離れて立っている守衛さんにも、両方に気を使うからである。勿論、私は明治神宮に参拝するためにきたのだから、参拝者に限るという立札の指示に従っているわけである。しかし、やはり、参拝するだけではなく、散歩という目的が別にあって、それを楽しみたいという下心が働いている。鳥居をくぐるときの足の具合で、今日は調子がいいかわるいか予知することが出来る。するすると足が進んで砂利道が踏みしめられ、高い樹木にはさまれた湿った道が、次々に後へ向って移動してゆくようならば大丈夫である。神宮にきてめまいがしたことは一度もなかったが、帰途に鳥居をくぐるときに足が重くなることはあった。

たった一人で歩行訓練をしているらしい親父さんにあうこともあった。その人はいつも杖を手にして一歩一歩たしかめるようにして歩いていた。明らかに散歩を楽しむどころではなく、どの位歩けるようになったか、必死にためしている様子だった。本殿に行きつくまでに御苑に出入する門が二つある。その門を二つ左側にみて、誰でもが立ち止って見上げる大鳥居と、石でたたんだ道に入るところに立っている中鳥居をくぐって、本殿に到着する。中鳥居の脇に手を洗う清水があり、そこには、いつも必ず明治天皇と昭憲皇太后の和歌が、右と左にはり出してある。いつみても同じような調子の歌であるが、実は、日毎に別の歌ととりかわっている。女房はそれを飽きもせずによみたがっているようだ。外人客は、歌のことなど、あまり注意せずに、東洋の島国でなくてはお目にかかれない神社の「ワビ」「サビ」を味わうらしい。私よりも、もっと年老いて、もっと足許のふらついた外国婦人もいる。外国おじいさんにたすけられて歩いてゆく外国おばあさんもいる。驚いたことには、松葉杖を脇にはさんだ中年婦人もいて、鳥居のところで一息いれて、そこから先へ進んだらいいか、それともここで団体の連中を待っていたらいいか、とまどっている人もいた。

いつか、有名な日本人俳優が、いかにもこれから散歩するぞという完全な散歩者の服装で、勢いこんで若い女の秘書にたすけられながら、走るようにして歩いているのを見た。勿論、私も女房と同行していて、手こそ握りはしないが、形影相伴うようにして仲よさそうに歩いてゆく。守衛さんは、ことによると、この二人組を記憶しているかもしれない。あごに白ひげを生やした男が、目玉の大きいのんきそうな女と組になって通うのだから、私たちが歩きはじめると、守衛詰所の守衛さんが本殿の方へいち早く「来た」と電話で通知してあるような気がする。

私は、私たちの姿を認めたさいの本殿前の守衛さんの心理状態を考えて、辛いような有りがたいような気持に襲われる。明治天皇をよほど尊敬する人物の来訪と判断されたり、あるいは、特別の命令をもって守衛さんの勤務態度を視察にくる人物と断定されるか、その一組の男女の何れかが、白痴あるいは狂人であって、もう一人は看護人あるいは保護者として付き添っているのだと疑われると疑うからである。外人客のほとんど全部はカメラを所持している。彼らの話す言葉を耳に入れて、私は何国人であるかと推量する。どうも聞きちがえかもしれないが、社会主義国からきた人が多いようである。アメリカ人と社会主義国の人々とでは、どことなく服装がちがう。東南アジアの人も無論いる。しゃべり方も東南アジアの人はちがっているが、どこの国の人かは、なかなか判定しにくい。いつか、南米出身の水兵らしい人が揃って参拝にきていて、彼らの歩き方も、話し方もあまり潑溂としていて場ちがいのようにうけとられたことがあった。

私たちは、たしかに参拝にきたという証拠に、おさい銭をあげることにしている。女房が勝手につかみだして投げ入れたお金は最低十五円かそこらで、たまに小銭がないときには百円位はいれているだろうと私は判断している。十円玉と五円玉とどっちが私の分で、どっちが彼女の分だかは、私にも彼女自身にも判明しない。社務所の巫女さんの服装をした少女から、お守り、お札の類を買うこともめったにない。女房はくるたびに粉でできた菓子のお供物を買ってたべたがるが、お供物の類は売っていない。うちの娘は巫女さんのいでたちが気に入って、アルバイト学生としてつとめたいと願っているが、まだそのチャンスに恵まれない。さらに足をのばして裏手へぬけて、西洋式庭園の方へ向うか、それとも、ひき返して休憩所の食堂で何か食べるかは、私の体の調子次第である。観光バスの溜り場と無料休憩所は、隣合せになっていて、外人客もジュースやソフトクリームをそこで買い、面白がって食べる。食堂は一種の奉仕施設になっていて、ほかの店よりも売っている品が良心的に出来ている。冬など陽当りがよいので、鳩の群れあつまる広場の外のベンチに腰を下すこともあり、中に入って陽当りのよい席を占め、ゆっくり時間をつぶすこともある。食堂の椅子をもっと陽当りのよい硝子ばりのドアの外に持ち出して腰を下すこともある。それは二、三回つづけると、係員に「椅子を外へ持ち出さないで下さい」と注意されたのでやめにして、階段の一番上に腰かけて陽なたぼっこをすることにした。

西洋式庭園で遊ぼうとするときは、芝生の間のコンクリート道をうしろむきになって歩いて、足腰をならし、バランスをとる練習をする。逆方向に正面をむいたまま歩くということは、やってみると面白いものである。身体障害者の児童たちが一生けんめい練習していることもある。若い男や女の先生、児童の身の上を気づかう母親や姉さんが注意深くみまもっているなかで、児童たちは健気に自分の手足を自由にふり動かそうとしてもがいている。それは決して私のように「恍惚」とか「ボンヤリ」とかいうあいまいなものではない。なりふりかまわずという必死の勇気をふりしぼっている有様に、こちらも勇気がわき上ってくる。それは勇気といったほどのものではなく、半恍惚の、のったりした時間の流れの上に、泡の如く浮んで消え去った。わりあいにうまく歩ける子は、一番先に立って歩き通してから、楽しげに満足したように休んでいる。親や先生も、それでほっと一息つく。重症の子はすぐ転ぶので、なかなか捗らない。励ましの声が高まると、よけい焦って足がからまる子供もいた。裸の子供たちを、秋や冬の陽ざしの下で遊ばせている母親もいる。身体障害児とはちがって、普通の子供にすぎないが、丸裸のままということは、やはり、少し奇妙である。「大へんだな。よくも我慢しているな」と同情はしたけれども、私は彼らのようになりたくなかった。半恍惚の文士という現在の境遇が好きというわけはないけれども、彼らの境遇にくらべれば、私にはふさわしいし、どうしても死ぬまで彼らと同じ障害におちいりたくなかった。

みすぼらしい服装をした老夫婦をよくみかけた。セーターやスカートも色あせていて、老婆の方のつっかけている下駄の鼻緒は手製で編んだものらしかった。必ず袋に鳩の餌を入れてきて、その夫婦の周囲には、いつも鳩が群がっていた。鳩はいくらでも、遠くから集ってきて、まるで老夫婦を襲撃するかのようだった。おそらく老夫婦は、その陽当りのよい芝生とは、およそ違った、暗い湿っぽい部屋に住んでいて、そこへきてからやっと解放されたような気持になるにちがいなかった。鳩に餌をやることが、唯一の残された自由であり、救いであるにちがいなかった。西洋庭園は、小川をはさんで南と北、両側へ向ってゆるやかにせり上る芝生をもっていて、上りつめるといかにも頑丈な石造りの記念館の建物が建っている。その前のコンクリート造りのベンチでしばらく時を過すのがならわしとなっている。そこからなだらかな芝生の傾斜を見下すと、若い男女がこねくりまわすようにしてねそべっているのが眼についた。たいがい女の方が上からのしかかるようにして、男の顔をのぞきこみ、男の方はうるさがりもしないで無視したようにして両足を長々とのばしていた。私たちには、いくら酔払ったにしても、そんな真似は出来るはずはないが、別にいやらしいとも羨しいとも感じなかった。先生に引率された画学生たちが、あまり授業らしくもなく、野外授業をうけながら歩いてゆく。オカリナを吹いている少女もいる。誰と待ち合わせる様子もなく吹いているオカリナは、ひょろひょろひょろと、風にとぎれながら聞える。やけになったように一人ぼっちの時間をつぶしているらしい大学生（あるいは予備校生）が顔の上に書物をひろげて眠っていることもある。あまり、あたり一面ひろびろとしていて静かなので、却って「ああ、世はすべてこともなし」という感じは起きない。むしろ、静かにざわめいているような気がする。幼稚園か保育所の子供たちをつれてきた女先生の口にあてがった号令の笛がピッピッと聞える。いくら笛が鳴っても、わがままな子供は勝手な方角に向ってつき進み、そして転がる。女先生の仕事は、時間が経つまで無事にすんでいればいいわけで、笛の音は、しばらくとまっては、また聞えはじめる。眼や耳のはたらきの届くかぎり、あたり一面に、調和のとれているくせに何か神経を焦らだたせるざわめきが、みちひろがっていた。その焦らだつ神経は、私が生れたときから維持されていて、地球上のざわめきと連絡のある、貴重な手がかりらしかった。いままで見たこともない、すばらしく大きい蝶や蛾のようなものが、うす色の羽を地球の上にひろげて、ゆっくりと羽ばたいていて、その羽ばたきは、何かしら一種の親愛の情をもって、私の上にかぶさっていた。「おお、世はすべてこともなし。されど……」と、私は詩句をつくりかえていた。「されど神秘のざわめきは、とこしえにつづくなり」。かがみこんだ女学生のオカリナの音も、幼稚園の先生のキッパリしたホイッスルの音も、聞えなくなっている。

西洋式庭園から、池にかかった石橋を渡り、裏参道を遠まわりして無料休憩所の方へ戻ることもある。裏参道は風通しのわるいほど両側に樹木が茂っていて、木洩れ陽の光がまだらにおちている向うから、遠くへだたった人影が次第に近寄ってくるあたりは表参道と異なっている。おっとりした明治初期の木版画「文明開化東京新名所図会」の一枚などで、遠くの人物から次第に近くの人物へと柄が大きくなって、しかも全体が静止している不思議な感じとよく似ている。お正月や七五三のときに、赤ん坊を抱いた若夫婦の姿がにぎやかなのは表参道の方である。

「行き交う人の眼に、俺がどううつっているだろうか。白いあごひげも生やしているはずだ。めまいに襲われる男だということは、まだ気がついていないはずだが」と、みつめる通行人がいるときは、わずかながら自己反省する。御苑のなかで、せまい道ですれちがう人が、あとからあとから続き、なかには驚いたような表情をする地方からの客があって、なおさら、そう思わざるを得ない。菖蒲どき、つつじどき、紅葉どき、菊どきと、それぞれ混みあうが、一番充満しているのは菖蒲どきである。一、二、三と組分けされたお客さんは、皆、真黒に陽やけしていて、農村出身らしく、八の組が十の組より遅れていることもある。あとの者に押されて前の者につっかえるので、菖蒲田の花の色などくわしく見ているひまはないが、予定のコースだからおとなしく旗を持った係の言いつけを聞いているだけのようだ。「………」と、何かささやいて、私の顔をみつめる老人がいた。すると、隣の中年女も感心したようにうなずいて、私の顔をみつめた。私は、ひそかに「ことによったら乃木将軍のような人が歩いている。さすがは明治神宮だな」とささやき合っている、と推察してすぐさま、そんな想像はよくないと打ち消していた。「将軍」。その位、私の内容本質とちがっているものになかった。元将軍――戦功があって生き残った偉い人――昔を懐しがって明治天皇に逢いにきた人。それから飛躍して、夫婦ともども約束通り自殺した乃木将軍に連想がうつったりする。すると、この私と一緒に歩いている女性は乃木夫人ということになるではないか。赤坂の私のアパートの少し先に乃木坂があり、乃木神社があった。割腹自殺を遂げた人の住んだ家のあとは、あまりおめでたくない不吉な思いをこもらせているはずであるが、乃木会館の前には、いつも葬式や法事の会合のしらせはほとんどなくて、結婚披露宴の御両家の案内が書き出されてあった。乃木大将、あるいは元将軍。そのような人物を私は嫌いではなかった。だが、そのような人物であるようなふりをして、白いあごひげを生やしたわけではなかった。他人に似せて自分の顔かたちを変えるという趣味は全くなかった。第一、入れ歯をはめた私の顔の表情は、自分の思い通りにならぬほど、こわばっているはずだった。発病以来、たしかに自分が別個の自分になったような気がする。めまいなど続けている間に、自分が意識しないうちに変身してしまったにちがいない。だから他人がどう断定しようと、それに反抗しようとしても、反抗それ自体が一種の半恍惚状態のあらわれであるから、変身そのものが捉えどころのないものであるにちがいない。

「元将軍」の愛妻は食堂に近づくと、たちまち生き生きとしてくる。ソフトクリームにしようか。くず餅にしようか。味噌ラーメンにしようか。天ぷらそばにしようか。それとも、桃色をした苺のアイスクリームと小豆色をした小倉アイスにしようか。いずれにしても、食堂を出れば、あとは車に乗って帰るばかりである。

めまいのする散歩に出発するためには、午前十時か、十時半には車に乗りこまねばならない。「今日は武道館にしよう」ときめた瞬間に、そこに達するまでの坂の多い、車の往来の激しい道すじが目に浮んでくる。もともと陽当りのわるいアパートの部屋を出て、日光浴をするために選んだ北の丸公園であり、武道館界隈であった。「どちらへお出ですか」と駐車場のおじさんに聞かれたときは「公園です」と答えることが必要で「武道館です」と答えると、別の駐車場へ行かなければならない。駐車場から武道館までの間に、ベンチの並んでいる小道がある。そのベンチのどれに腰かけようかと、まずきめなければならない。夏ならともかく、冬の日光を楽しもうとする私たちにとって、どのベンチも風当りの強い位置におかれている。「こんなことをして時間をつぶしていて、一体どうなるんだろうか」と思いあぐねるときもあるが、やはり「日光浴はいい気持だなあ。夫婦で陽なたぼっこをしていられるのは、まあまあ運のいいことであるなあ」と厚いセーターや、ごわごわした外套の襟をかき合わせるのが常である。春から夏にかけて、その歩道の両側の植込みにはさまざまな花がひらいた。そして、いろいろの飼犬が飼主につれられてやってきた。飼主のない犬は、独立独歩という姿で、用心深そうに餌を探して歩いている。その小道には急ぎ足の若い男女が、ある一つの目的のために大またでつんのめりそうになって歩いてくることがあった。

科学技術館で開かれている衣料のバーゲンセールで、一つでも珍しい安い品物を手に入れようとして急いでいるのであった。彼や彼女の身につけた服装は、それぞれ個性的で珍しいものばかりであるが、その上に、まだまだ珍しい安い品物を見出そうとして競い合っているようだった。科学技術館の横手にはトラックが横づけになって、アルバイト学生らしいのが、バーゲン用の品物をつめたボール箱を思いきりよく投げ下している。

武道館は建ったばかりの頃は、コンクリート製の壁がなまなましくて、いくらかわざとらしかったが、今では京都や奈良の名所古蹟のように、一つの風景を形づくるように古びてきた。その周辺には黒い詰襟服を着た、肩や胸のたくましい学生がいて「オス！」とか「先輩」とか呼びかける雰囲気を漂わせている。そのふんい気とは全く違って、テレビ局の放送車が、歌謡大会の会場とかわった武道館入口に、長々と続く熱心な見物人の列の間に、誇らし気に、また、縮かまったようにしていることもある。

北の丸公園の芝生の風をよける低い灌木の陰には、私たちがそこへ行きつく前に、一人か二人、若い男が場所をねらうようにして、すでにねそべっていた。誰でもが、風のあたらない暖かい場所が好きなのである。武道館をかばうようにして古い石垣と、由緒正しい白壁、太く組まれた木組の門をくぐりぬけると九段の坂上である。つまり堀をめぐらしたその一角が、近歩二（近衛歩兵二聯隊）の敷地跡である。赤紙をもらって「歓呼の声に送られて」勇まし気に背広を着た民間人の私が入隊したのも同じ場所である。同じ召集兵の仲間だった新聞記者は、ラッパの鳴りわたる夕暮れどき、頼りな気に思いつめた顔つきで、その堀を見下していたものだった。「もし、脱走するとすれば、この堀を渡らなくちゃならんなあ」と、弱々しく肥っている軍服の下の自分の肉体のもろさを、すっかり露出したようにしてつぶやいた。その新聞記者は、全身の毛を抜かれて丸裸になった家畜、ただ食べられるのを待っている肉獣のように無防備で「武」とは縁のない弱者のようにみえた。私自身にといえば「脱走」などという冒険行為は全く念頭になかった。今、その堀の青黒い水に向って急傾斜している斜面には、春は菜の花が開き、夏にはあざやかな青菜が生え茂っている。

「衛門」をこわごわ出て「衛兵」にどなられて下って行った、坂道と垂直に交わる幅の広い九段坂は、今は車体のラッシュで横断することが容易ではない。歩道橋は上って、又下る上に、橋の上から見下す下の眺めは、あまりにも金属的でエネルギッシュで、おまけに毒のある排気ガスが立ち昇ってくるので、めまい癖のある男には、あまり健康によくない。その歩道橋から少し離れた電柱に、三島由紀夫氏の顔写真のあるビラが貼られてあった。いかにも若々しい顔写真は、ぐっと眼をむいて明らかに何事かを訴えようとしているかの如くであった。数枚あるビラの一つは、はがれて裏返しになっている。排気ガスの風はそのビラに吹きつけていて、前夜の雨の降りそそいだあともあった。通行人は誰もそのビラを見ようとはしなかった。「憂国忌」という激しい主張よりも、スモッグに満ちた空気の流れは速いらしかった。だが、私にとって、その色のはげたビラは、いきなり親し気に呼びかけてくるようであった。まばゆい白昼の光の下で、わき眼もふらず坂道を上下する学生やサラリーマンの足取りは一刻も止まることをしらない。だが、三島氏の顔写真のあるビラが、三島氏以外の人の意志によって貼られ、風に吹きちぎられそうになっていることは、私をおびやかした。

笑い男の散歩

靖国神社には、発病前から、しばしば出かけた。ことに花見どきに行くことが多かった。夜桜をみに友人夫婦とその娘、うちの夫婦とうちの娘が揃って遊びに行ったのが病みつきとなった。娘はまだどちらも小学生の頃で、おでんややきそばを買ってたべたものだ。靖国神社というと、どうしても特別の意味がこもっていて、ただ「遊ぶ」という気持になれないが、馴れてくると、普通の遊び場所である。明治神宮とくらべて、はるかに狭い上に「ワビ」や「サビ」の趣はなくて、近くの市民と地方の団体が、いそがしげにつめかけている様子で、それが却って、気楽であった。明治神宮には桜がないが、ここには、わざわざ植え込まれた桜が、何の戦争を記念して植えられたか分るようになっている。師団や連隊、所属した部隊の名を記して植えられているものもある。春の大祭の日に、この鳥居附近で、女房の親しい古道具屋の主人にであった。かつての戦友の集まりがあって、幹事である主人は仲間の顔を見出そうと、生き生きとしているのであった。別に生き残りの仲間の集まりは幾組かあるらしく、部隊や小隊の名を入れた小旗を手にした人待ち顔の幹事たちが、社殿近くでも待ちうけていた。「今日は皆で集まって御飯をたべ、明日は箱根へ行くんです」と、嬉しいことが当然のことのようにいうので、「よく昔の仲間の顔が分るのねえ」と女房が驚くと、「そりゃあ、すぐ分りますよ」と答えた。

日本のポルノ映画で、靖国神社に集まった戦友会の人物の一人が、近所の旅館で女とたわむれる情景があった。男が満足しないうちに、女は彼を離れて次のお客さんを迎えるために出て行く。そのいかにも騒がしい性急な出会いが靖国神社という場所と奇妙によく似合っていた。明治神宮のような幽玄な趣は消え失せている。

正面の大鳥居をくぐって、丈の高い銀杏並木を砂利音をたてて歩いて行くと、右側に「母の泉」という一風変った設計の噴水がある。銀杏並木の後側に桜が並んでいて、茶店のあたりまで続いている。茶店を過ぎると、桜は横にもひろがり、同じ間隔で、同じ高さで咲き揃っている。ここまで茶店以外にはベンチはみかけられないので、右へ曲って記念館の前を通って奥へ進み、柳の枝葉のそよぐ池のほとりまで行って腰を下さねばならない。小さな池は、いかにも狭苦しい小じんまりした形であるが、お茶の会があるときは、受付の制服学生や和服の女性が、池のほとりの茶亭の前に控えていて、それをわれわれは柵の外のベンチに腰を下して眺めている。記念館の前には戦死した馬の銅像や、日露の会戦の頃の大砲の砲身が並べてある。大祭の前になると、由緒正しき青さびの附着した砲身を、用務員がていねいに拭きとっている。

九段坂上のビルの六階、指圧の先生のもとに通うようになってからは、治療が終ると、靖国神社の境内を散歩するならわしだった。その先生を「中先生」と女房がよんでいるのは、有名な「大先生」は世田谷に大邸宅を構えていて、治療希望者があまりにも混み合っているので、そのお弟子さんで治療室のふんい気も「大先生」にそっくりの「中先生」の方で間に合わせることにしたからである。（ほかに「小先生」とよんでいる中年女性もあって、その方は高井戸方面に住んでいる。女房は追突事故のあとの後遺症で、痛みのひどいときは急場の間に合わせに「小先生」のもとへ通ったこともある。）

「大先生」の顔も「小先生」の顔も私は見たことはない。しかし「中先生」の治療室へエレベーターで昇って行き、順番を待って、クラシック音楽のながれる部屋で、うつ伏せになったり、仰向けになったりしたことは確かである。治療にかかる前に上着を脱ぎ、ズボンのバンドをゆるめ、すり足で「中先生」の前に近づき、礼儀正しく一礼する。「中先生」も答礼をする。それからハンケチを一枚ズボンのポケットからとり出して、私の頭部を置く場所に置く。「だいぶ緊張が続いていますなあ」「かなり、あなたの体は怒っていますなあ」「もう一回発作は起りますよ」「好きなようにやって下さい。たまにはブランデーのがぶのみをやってもかまいません」などと、慰めるような、いましめるような言葉が「中先生」の口から洩れてくる。五分足らずで「はい、よろしい」という声が聞えると、すぐ私は起き上ろうとするが「ああ、そうやらないで一ぺん横向きになってから起き上ること」と注意される。起き上ったあと、正座して一礼する。また、すり足で帰ってくる。ソファーまで戻って、ネクタイを結び、上着を着る。そして六階の高みから靖国神社の境内を見下す。

控室も待合室もなくて、治療室全体が一つの広い道場のような空間をなしている。それ故、ほかの患者の身仕度や身づくろい、治療のときの発言や態度まで見届けることができる。盛装した女性の帯をほどいてからの身仕度や身づくろいは、少しなまぐさい感じがする。どこからみてもすきのない服装や、厚化粧をしてくる女性もある。「治療のあとは少し休んでいった方がよろしいよ」と教えてくれる社長さんもいた。「お互いに長くかかる病気ですからな。でも、もんでもらうと気分がすっきりしますね」と語りかける人もある。有名な老学者夫婦もきていて、二人ともに治療をうけ、二人とも小型日記風の手帳を出して「あなた、今月は三回でしたでしょ」「いいや、二回のはずだが」「私の方がたしかですよ」と語り合って、ていねいに鉛筆でしるしをつけている。これまでの治療の支払いを済ますためにも、これからの予約日をきめるためにも、夫婦が間違いなく相談しておくことが必要なのである。老妻の方が頭がはっきりしているらしく、口のきき方もきびきびしている。老学者の方は上着を脱いで「中先生」の前に進むときにも、少し足もとがよろめいている。老学者と私は顔見知りなので、あいさつを交わすが、そのあいさつもお互いにどことなく頼りない。

小学生くらいの少年が、母親に連れられてきていることもある。体のどこかをさわられると、少年はくすぐったがって、キャッキャッと笑う。母親は病状を説明し「中先生」は何か暗示的なことを答えている。低い声なので、私などは聞きとれないこともあるが、暗示的な言葉は、よく聞きとれない方が効果的なのである。治療室で待ち合わせた主婦が、顔を寄せ合って話に熱中している。いろいろの治療をうけたあとで、どこでも効きめがないので、ここへたどりついたという老婆もいた。最新流行の服装をした美少年と美少女が、仲よく並んで少女雑誌を読んでいることもあった。彼らには病気の苦しみなど、さほどありそうにはみえなかった。一般に患者たちには、病苦の激しさはみうけられなかったが、それだけに長く続く病気の不安は隠しもっているにちがいなかった。

「あたしもやってもらおうかしら」と、女房がいいだすこともあった。どんな治療をうけても、彼女はすぐ効きめをあらわすのである。大、中、小の先生の誰の手にかかっても、治療がすむと、晴れ晴れとした顔つきをしている。脊椎の第何番目と第何番目とかが、ずれているそうで、そこは「えい」と気合をかけて強く圧すと、元どおりになるらしいのである。禅宗の本山で髪を長くのばした坊さんに圧してもらったときにも、効きめは明白であった。

ビルの六階へ通ってくる患者のうち、帰りに靖国神社境内を散歩する人は、われわれ以外にはなさそうだった。まして心理的効果のある暗示をうけてから、神社のおさい銭箱に小銭を投げ入れて帰る人は絶無だといってよい。指圧の先生の与える心理的効果と、靖国神社の授けてくれる心理的効果の、どちらが優れていて、どちらが劣っているか、考え合わせたこともない。ただ、ひとりでに私たちはそうやっているにすぎない。指圧の先生の場合は暗示を与えてくれる当人が、由井正雪のような長髪で青白い顔をして、書道か華道の家元のようで、もみ方も、今日はたしかに首すじをもんだ、腰のつけ根をもんだと、暗示をうける方に確かめられる。神社の方は、そこがいろいろと心理的に複雑で、模糊としているが、参拝者にはそれぞれ個人的なはっきりした目的がある様子であった。

正月の初詣の日に親類のガラス店の主人にであったことがある。彼の店は神田の駅前にあり、歩いて通うには手頃な距離にある。肩幅の広い、背の低い彼は、無類な働き者で「俺なんざあ、若い頃は働くのが面白くて面白くて、遊んでいる暇なんぞはなかったんだ」と、あうたびに、近頃の若者のだらしなさを歎いていた。その長男が私と同じ近歩二(きんぽ)に入隊し、将校となって南海の島で戦死したのである。ガラス店の奥の一間には、その長男のために、いつも陰膳が据えてあって、ガラス店の主婦は「さあ、信一、おあがり。のども乾いたろ。お腹もすいただろ。たっぷりとたべて下さいよ」と、生きている人にやさしくよびかけるように、ねんごろに話しているのだった。ガラス店の主人は、縁起ものの破魔矢を手にして、嬉しそうに私にあいさつした。私自身も同じ鏑矢(かぶらや)を買って帰る途中だった。彼は亡き息子のために莫大な寄附金もしているらしく、特に許されて奥殿に参拝をしているのである。

靖国神社法案については、こみ入った議論が戦わされていた。私のところに送られてくるキリスト教の雑誌、とりわけプロテスタントの進歩派では、猛烈な反対をしていることも、私は知っていた。浄土真宗の両本山でも、この法案には真向から反対していた。しかし、正月にも大祭日にも通ってくるガラス店の主人は、そのような法案とは全く関わりなしに、自分の意志で通わずにはいられないから通ってくるらしかった。商業学校を出た長男は、頭がよくて、おとなしくて、心の優しい青年であった。商店のあとつぎとして、申し分のない青年だと私も判断していた。近歩（きんぽ）二に入隊したての頃に面会に行くと、少しおびえたようにして「軍隊ってひどいところだなあ」と、聞きとがめられるのを恐れるようにしてささやいていた。それが、しばらくぶりで私の家へきたときには、見事な軍刀を腰にぶらさげ「左翼の連中はけしからんですよ。支那の民衆が抗日するのは、結局は日本の左翼が騒ぐからですよ」と、私をにらみつけ、ことによったら斬りつけるような口調でいい放った。ガラス店の一家では、いつか必ず、その優秀な親孝行な長男が帰ってきてくれると信じていた。南海の孤島で、軍刀を頭上にかかげて突撃して行った最後の姿を、生き残りの部下が確認したということは、ガラス店へその部下が報告にきてくれたから判明したのである。だが、その部下は、ガラス店一家を慰めるために、目撃したこともないことを、そう報告したのかもしれない。

靖国神社へ参拝するついでに、あるいは靖国神社ぬきに、千鳥ヶ淵の堀端を散歩することもある。風通しのよい堀端には、片側に病院やホテルや、どこかの大使館がたち並ぶだけで、ごみごみした家並はないので、気持よく散歩することができる。使用されていない馬小屋も見えて、今はガレージになっているらしい。堀を見下す桜並木には、都心にはめずらしい、さわやかな空気が吹きぬけていて、武道館のそりくり返った大屋根と、てっぺんの金の玉が眺められる。一段低くなったボート乗場の前には「草木をとってはいけません」「お堀の魚をとってはいけません」という立札が立っている。死んで浮き上った魚の銀色の腹を手のひらにのせて、困ったように見つめている係員もいた。青く濁ったお堀の水と、灰白色に横ぎってのびている高速道路の両方とも見渡せるあたりのベンチを選んで腰を下す。明治神宮の境内よりは、その風景は都心らしかった。そういえば、私たちの住んでいる赤坂のアパートも港区で、やっぱり都心であるらしかった。皇居は勿論、都心であろう。郊外の八方から東京都に向う自動車道は、すべて皇居のまわりに集まっている。

「日本沈没」という東宝映画をみた。その映画のストオリイでは、皇居附近の避難民が、厳重に閉じられた御門の一つに殺到するところがある（将来、起るであろう大震災の際の、赤坂見附の住民の避難場所は、霞ヶ関国会議事堂のあたりに指定されている）。一たん、ごった返してつめかけた避難民は、石垣をめぐらし、鉄鋲のうってある御門の扉が壁のようにたちふさがっている上に、厳重な警官の警戒があるので、映画館のスクリインの上では、押し返されている。群衆は唯一の救いの手を求めて皇居を選んだにすぎない。もし唯一の救世主に断わられれば、地獄の火の中へ立ち戻らなければならない。映画の終り頃になって、皇族の御一方（おひとかた）は、すでに日本列島を離れ、アフリカに（アフリカのどの地方とも明示されていなかったが）難を避けられ、もう御一方はスイスに安住の地を見出したことになっている。映画でも未来の避難計画でも、都心こそ、ものすさまじい光景になることは分りきっている。第一、私たちの乗っているブルーバードは、高速道路を疾走しているにしろ、駐車場に横づけになっているにしろ、火を噴くことは明らかである。その火と別の火がよびあって爆発することもきまりきっている。それでも私の生きている間に、そんな非常事態は起りそうもないときめてかかって、私は愛用の車に乗せられて、半分ドライブ、半分散歩の場所へ急ぐのである。

千鳥ケ淵のそばには、戦後、あたらしく無名戦没者の碑が出来上った。あたらしい建築家が設計した、棺の恰好をしたモダーンな記念碑である。おそらく敗戦当時は靖国神社に参拝することは、はばかられていて、別の参拝場をしつらえたのであろう。今では参拝者は靖国神社の方が多くて、ここはいつきても、ひっそりとしている。油絵をかいている女画学生は、誰にも邪魔されずに、無心に画筆を走らせている。花代をあげて献花するように出来ていて、誰も見張っている人はいないので、無料で献花することもできる。冬はひなた、夏はひかげのベンチを選んで坐っていると、若い主婦が幼女を連れて遊ばせにきていて、われわれよりも長く坐っている。おそらく御主人が会社から退けてくるまで、たっぷり時間があって、べつだん急ぐ必要もないのである。したがって「黄色はこれ。赤い色はどれ？　あ、あなたはまちがっている」と、自分と幼女の洋服の色柄や、周囲の草花で、色彩判別の訓練もゆっくりやっている。茶店も売店もない、さっぱりした趣である。もっともわれわれのように、女房と、たまに気がむいてついてきた娘が、武道館の売店で折り詰めの弁当を買って、そこで食べることは自由である。

そんなときは、弁当をたべ終ってから北の丸公園へひき返し、そこでソフトクリームを買って、また味わうのがならわしである。味わうなどといったのは、そこの売店では、やきそばも売っていて、味わってみると少しヘンな味がしたからである。「俺、やったことないんだ。どんな味がするかな。少しヘンだぞ。まあ、いいや」などと、アルバイト学生らしいコックが、シューシュー音をたてて、やきそばを料理していた。

北の丸公園にも池がある。広い芝生もあるが、夏がきて芝生が青々と生え茂るまでは縄が張られていて「芝生保護中、入らないで下さい」と書いた札がぶら下っている。ただ、売店の前から池畔にいたる区域だけ、芝生に入ることは禁じられていない。学業をさぼった附近の大学生（先生に連れられて、何やら授業らしき講義をうけながら、歩いたり坐ったりしているグループもあるが）が休んでいたり、運動部の学生が掛声も勇ましく練習しているのもみかけられる。彼らは「植込みに入らないで下さい」と立札された場所で体操に励んでいる。「芝生に入らないで下さい」と書かれた場所に入ると叱られるが、「植込みに入らないで下さい」と書かれた場所に入ることは許されているらしい。いつも植込みや芝生は手入れされていて、日雇らしき人夫たちが働いている。アルバイト学生よりは年をとった男女で、掃除の仕方も手馴れている。ほかの人は皆公園を楽しんでいるのに、自分たちだけ働いているのは馬鹿らしくなったのか、屑かごの中身を手押車にぶちまけてから、頰かぶりや麦わら帽子をぬいで、通行人にはおかまいなく、わざと高笑いしている一組もあった。普通の公園散歩者は、そんな場馴れした用務員たちをよけるようにして通り過ぎる。耕耘機に似た赤く塗られた鉄の機械をいそがしげに乗りまわす用務員もいる。たいがい警備員は音もなく自転車を走らせて、要注意人物がいると静かにとがめている。

池の向うに日本式庭園風にしつらえた庭があって「七時以後の立入りは禁止します」と書かれている。細い石の道は、立木の影を落して曲りくねっている。そこのどんづまりにもベンチが置かれ、堀が見下せる。花見どきは桜の花弁がふりかかって、堀の向う側にも桜の花の堤が連なっていて申し分がない。

どこを散歩しても、どこのベンチに腰かけても、病後の私は笑ったような、笑わないような顔つきをしている。意思表示をするため「ウフフ」と笑い声に似た、はっきりしない声を出す癖がついてしまった。ほかに方法がないので「ウフフ」と答えることにしている。女房は「笑ったような顔をしてるけど、本当はそうじゃあなくて、ただ、そういう顔をしているのね」と名言を吐いた。たとえば「あたしも今に死ぬのね。

イヤだなあ。いつ死ぬのかしら」と、死にそうもない顔つきで女房に問いかけられるさいは、笑ったような笑わないような表情で「ウフフ」と答えるのが、目下のところ一番無難である。

その仕方なしに自ら選んだ（選ばざるを得ない）表情で散歩するには、明治神宮や靖国神社では、やはり不必要な意味が漂いすぎていて、神経が疲れることもある。代々木公園ならどうだろうか。

代々木公園は明治神宮と背中合わせ（あるいは腹合わせ）になっていて、一つ肉体の裏表みたいに接近している。しかし、明治神宮、または代々木公園だけ行ったのでは、その接近の有様がよく分らない。代々木公園は入口が沢山ある。私たちは西側の駐車場のある入口にきめている。日曜日でも午前中なら、この駐車場はすいている。

朝早いうちから車できているのは、ファッションモデルをまじえた撮影隊である。巻頭グラビア嬢やモデルさんは、ひときわ目立つ服装をしていて、要領よく化粧直しをしたり、スカートの具合を調べている。カメラマンとその助手たちは、モデル嬢にくらべて、何となく無駄働きをしているようにみえる。モデルという職業は、今全盛であるらしいが、私は全然無駄な職業だと思っている。むりにやせて青白い顔つきをして立っている姿は、文学やつれした作家（つまり、われわれ）を思わせて、哀れになる。社会主義国にもモデルさんはいるらしい。モデル業は金のとれる職業で、モデル嬢も軽薄な人がなっているとは思われない。だが、六本木あたりで、マンションやコーポラスから出てきて出番を待っている彼女たちは、一般の日常生活とかけ離れていて、それに気づかないようなところがある。消えてしまっても世の中の運行はさしたる変化をこうむらない。ああ、作家だって、たとえ消えてしまっても……。

駐車場からまだらな芝生の斜面を、なるべくゆっくり登っても、私の足は重くなり、めまいがはじまりそうになる。共同便所のところまで平坦な駐車場のはずれを歩いてから、石段を上って公園の回遊路までたどりつく遠回りの道を選んでも、同じ現象が起る。無事に上りつめるとサイクリングロードがある。自転車道路はうす赤く色わけしてあって、日曜日に限って子供たちが愉快そうに貸自転車を走らせている。女房はいつもアーモンドポッキーを一番近くの売店で買う。チョコレートを塗った、ごく細い棒状のメリケン粉焼きで、口に入れるとポキポキと音がする。その売店は、女親娘がつとめていて、男の姿は見えない。自転車道路のほかに普通の歩行者のための舗装道路が、ぐるっと公園をめぐっている。

公園には散歩者にむかってチョッカイをかける無頼少年グループはみかけない。そこを楽しんでいるのは真面目な市民の家族だけであるらしい。私たちも真面目な市民の仲間だと自認しているから、自然の中に溶けこむようにして彼らの気分に溶け入ることができる。はじめは左まわりに公園をまわり歩くことにしていたが、右まわりにあらためてみると、それだけで風景が違うのであった。それは例えば、自動車用道路がなかった頃、車で赤坂のアパートから富士山の山小屋へ行くのに、往きは甲州街道を下って、大月から富士急行電鉄の線路に沿った道を富士吉田まで、そこから山へ入って目的地につく。帰りは富士吉田から山中湖、籠坂峠を越え、御殿場へ出、箱根をぬけて国道一号線を上って赤坂へ戻るという習慣にしている道順を、たまに逆にして、往きは赤坂から国道一号線を下って箱根をぬけ、御殿場に出、籠坂峠、山中湖を通って富士吉田から山小屋につく。帰りは、富士吉田から大月に出て甲州街道を上って赤坂に戻るという道順にすると、まわりの景色が右左逆になって体がねじくれたような感じがする。(ここのところは国産車を運転している女房の感覚であって、乗せられているまま運ばれる私の感覚は、ただ、乗せられているというだけなのである。もしかしたら外国車に乗って外国の交通規則に従って走ったら、あるいは同じ錯覚にとらわれるのかもしれない。散歩するにしても道順というものは無限にややこしいので、恍惚状態の私は、ひたすら無事に目的地に着くことしか考えていない。）

貸自転車屋のおじさんは、なかなか手きびしくて、子供たちを絶えず叱りつけている。また、実際、子供たちは時間の観念がなくて、自転車に乗って遊びたわむれるから、貸した時刻と返す時刻などおかまいなしで、統制がとりにくいからである。だから貸自転車屋の主人は好むと好まざるとにかかわらず、絶えず命令を発する総理大臣のような位置にあるわけである。

明治神宮へ通いだしてから、十年ほど経って、はじめて代々木公園へ行った。「代々木公園もなかなかいいですよ。私は日曜日なんか近くだから行きますが、芝生がひろおくて、青々としていてなかなかいいです」と、女記者がすすめてくれていた。独身の彼女は、たった一人で行くのか、それとも男友だちと一緒に行くのか、と私は想像した。だが、私は元進駐軍宿舎の跡が解放されて、東京オリンピックの選手たちを迎えた、その公園に行ったことはなかった。その場所は朝日新聞の訪欧飛行機が飛びたった場所でもあるらしかった。うちへくる大工のおじさんは、代々木公園と道路をへだてた向い側のタバコ屋の裏に住んでいて「夕方、仕事が終って銭湯に行って帰りに代々木公園に行くと、木の下なんかは涼しくていい気分だ。夏は毎日のように行くよ」といっていた。女房も「一度、代々木公園に行ってみたいな」と、明治神宮の往きかえりに口癖にしていたが、私は明治神宮ですむのだから、新しい散歩場所など探すことはないと考えていた。

行ってみると、なるほど公園は歩きやすく出来ていた。携帯ラジオを肩に下げて、音楽を流しながら歩いている若者もいる。大木の木陰で合唱の練習をしているグループもある。合唱隊の指揮者は両手を振って、ほかの歌い手たちとは違った立場にいるので責任が重いらしかった。新興宗教の集団は「勇ましく進め」と声を合わせて歌っていた。そのようなきまじめな集団を馬鹿にして、三、四人のグループでギターを楽しんでいる若者たちもあった。もし左まわりで公園を楽しむとすれば、貸自転車屋の横を通過してから、野鳥の棲息を保護している「サンクチュアリ」の前をぶらぶら歩いて、いつもきまった一本松の下の芝生で休むことにしている。どうして、そこで休む心理状態になるかというと、いくらか高くなっている芝生は冬でも地肌をかくす枯芝が、まだらに生えていて、舗装された散歩道路で、どんな大人や子供が歩いているか、自然に観察できるからである。アフリカの留学生らしい髪の毛の縮れ上った男女が、お尻をぷりぷり振りながら、わき目もふらず競歩の練習をしていることがある。マラソン選手たちは寝転がっている私たちの前を、何回も無言で走りすぎてゆく。幼児の世話をまかせられたお手伝いさんの少女は、幼児が転ぶと、ゆっくりとたすけ起すが、べつだん心配する風もなく義務を果している。サイクリング道路には、西洋人の金髪の少年少女も走っている。

舗装された回遊通路のほかに、まばらな木立を通りすぎて、広い芝生を自由に横断あるいは縦断することもできる。共同便所の数も適当に多いので、便所の中に必ずついているベンチの上に、よけいな衣服を脱ぎ散らかして休んでいる青年もある。駐車場に近い売店のほかに、人影の少ない、はずれの売店もある。公園に入る口が多いということは、まわり歩いている最中に、どこからともなく散歩の仲間入りする人々が、不意に参加することで分る。

メーデーの午前中も同じ公園に行った。明治神宮前は裏も表も通行禁止になっているからである。武道館でも北の丸公園でも通行禁止になることがあった。北の丸公園を散歩する予定で駐車場めざしていたときに、警官が屯(たむろ)していて「陛下が武道館にお出ましになっていますから。どちらへお出でですか」と質問され「私は北の丸公園へ行くのです。ああ、それじゃあ御遠慮します」と答えると、警官は「すみません」といって、ていねいに挙手の礼をした。学生デモの激しかった頃、渋谷から代々木にかけて警官が立ち並んでいて、停車させられることがあった。女房が一人で運転しているときには、トランクをあけて調べられたこともあるらしい。だが、私が同乗しているときは、じいさまなのですぐパスさせてくれた。

メーデーの当日は、何となくざわめいていた。音楽もにぎやかである。しかし、メーデー参加者は代々木公園の構内にはいない。はっきりした目的で、集会や行進の時刻を待ちうけている青年男女は、公園の柵の外にいる。

メガホンで参加者によびかける、よくとおる若い女の声も柵の外でしている。柵の内と外では、ふんい気がまるで違っている。いつか駐車場の上の柵をのりこえて公園に走りこみ、のんびりした公園の空気を彼自身の殺気でかき乱しながら、何か追われるように走りぬけていく学生を見た。そのほかには公園で殺気に触れたことはない。音楽に関する限り、公園の内と外を流れるポピュラーミュージックの調子は、さほど変ってはいない。それも楽しげに、ぼんやりと風に流されて聞える。

笑い男の眼にうつる風景は、笑いたくないのに笑っているようで、すべて無責任、無関係にひろがっている。薄白い光の下で、聞きとりがたい声音に充たされている。「うすらバカ」「うすらトンカチ」などという悪口は、悪口ではなくて、わけへだてなく、われわれ人類の上に与えられた神様の批評のように思われてくるのは、恍惚人のよくない癖である。

代々木公園を右まわりして歩いてゆくうちに、ソ連人の親子にあった。私たちの歩いてゆく方角で、とても元気のよい外国語が聞えた。桃色の血色のよい皮膚をした若い男が、前を走ってゆく西洋人の子供によびかけていたのである。女たちは金髪を光らせながら、おとなしく歩いている。背の高い方の夫は、自転車乗りの子供に注意を与えていて、もう一人の背の低い夫は、私の方をふりかえって注意深く見まもった。その男たちは、いずれも上着を着ない軽装で、うす色の毛が胸にも腕にも生えていた。秋と冬、春先にも私は黒い毛糸の丸帽子(それは、小型のロシアの毛皮の帽子にも似ている)をかぶっている。外套を着ていることもあり、襟巻をしていることもある。普通人以上に寒さがこたえるからである。ともかく寒い北国、広大な社会主義国のどこかから派遣されたその男たちは、いぶかし気に私をふりかえった。ふりかえられたとき、ただの散歩者にすぎない私は、少しギョッとした。ソ連にも中国にも私は行った。それらの社会主義国にも頼りないような恰好をした散歩者がいた。彼らは活気に充ちた町中で、皆から離れて思いに沈んでいるようにみえた。たとえ社会保障があったとしても、年老いた散歩者は、男も女も働き者の仲間入りも出来ず、淋し気であった。そんな可哀そうがられる散歩者の一員に、いつのまにか私はなっていたのだろうか。「資本主義国には、老人保護がゆきわたっていないから、こんなところへきては時間をつぶしているのだろう」あるいは「こいつは生き残りの日本帝国主義の軍人のなれの果てだな。それともスパイかもしれんぞ。まあ、気をつけて観察してやろう」と秘密くさく、ささやき合っているようにも勘ぐられた。「あとをつけてくるなら、こっちも遊んでいるふりをして困らせてやろう。ヤポンスキー政府の下っ端かもしれない。これにしても、まずい変装だな。つけひげなんかつけやがって」と、にせものの尾行者のもうろうたる頭の中で、彼らの会話は続いていた。そうして、三回も四回もふりかえって見つめるソ連人のあとから、方角が同じなので、私たち夫婦は、右まわりの道を相変らず歩いて行った。もしも「連れの女は目玉が大きくて、なかなかイケるぞ。でも、じいさんの方は可哀そうというのも憎らしいような奴だな」と、語り合っているとすれば、それはそれでいいのであるが。

漱石はノイローゼにおちいり、いつも自分が秘密の国家要員から監視されているような気配を感じていた。明治と昭和では、時代がはるかにかけ離れている。しかし、作家をノイローゼにさせる要因は、さほど違っていないようだ。現在の私は、ノイローゼは逃れて、恍惚の方に傾いている。明治の漱石とは異なり、監視されているという感じのほかに、もしかしたら、自分が誰かを監視する任務をうけているのではないかというスリルを感じる。見知らぬ遠くの彼方に存在する機関から発せられる命令に従って、一挙手一投足、すべて自分の行動があやつられている。瞬間的にではあるが、そんな妄想が湧く。スパイ映画は出来得る限り見物するようにしている。「スパイ大作戦」もテレビで見ている。それらのスパイ映画から、知らぬうちに影響されているのかもしれない。いつか、私のアパートの前で、すれちがった小学生たちが「たいがい、こんなところにスパイが住んでいるんだぞ」と、利口そうに言って、子供らしからぬ鋭い目付きで私を見据えながら去って行った。

スパイの運命は悲劇に終る。私はスパイ的悲劇におちいることは、まあまあ、ないであろう。絶対にないと、今のところ断言できる。明治神宮の散歩の帰りには、防衛庁の前を通過する。前ばかりでなく、長い塀の続く横手の急な坂道を走り下って、裏側までまわる。まわらなければアパートまでたどりつけないからである。コンクリート塀に囲まれたその一角は静まりかえっている上に、正門にも脇門にも警備員が控えている。その塀の上には、学生デモのおかげで鉄条網が張られた。防衛庁の役人の通う専用の郵便局（防衛庁内郵便局という名前である）にも板が張りつけられたことがある。その郵便局は、通りに面していて、いつもすいているので、女房は愛用している。軍服に似た制服の防衛庁づとめの人が、貯金帳の額を嬉しげに調べていることもある。故郷の家か、不動産屋かに長距離赤電話をかけて、土地の売買について長々と指図している若者もある。昼飯の時刻には平服の庁員が、三々五々と町中のレストラン、うなぎ屋、中華料理屋、すし屋、天ぷら屋、喫茶店に向って、のんびりと歩いて行く。そんな光景に接すると、私は「スパイになぞならなくてよかったなあ。第一、なれるはずもないが。しかし、むずかしい仕事だろうな。金のためか、愛国心のためか、それとも、こみ入った家庭の事情のために、やむにやまれず、その任務をひきうけたからには、その宿命から脱出することはできなくなる。漱石は、果して、そこまで考えていただろうか。スパイでなくて暮せる自分は、それだけで充分に幸福なのである」と、考えるのであった。

貯金のある散歩

小学生の頃は、父のくれるお小遣いを貯めて、郵便貯金をした。中学と高校時代は、あまり貯金に身が入らなかった。中学では「武田ニヤリスト」とよばれ、高校生の仲間は「武田トーキー」とよびならわした。ニヤリストとは、ニヤニヤ笑っていて本心が分らない、という意味であり、トーキーとは英国人教師に指導されるイングリッシュの時間に、レコードで習い覚えた発音で、誰でもがくすくす笑いをしたくなるほど、英国人ぶって読みあげ、それがトーキーそっくりだったからである。ニヤリスト、トーキー時代も私はお金持になりたかった。ニヤリストであり、トーキーであることが、お金持への道だとは、いくら何でも考えなかったが、お金がないと困るとは考えていた。ただし、父の影響をうけて、節約が大切とは思っていた。

戦後、しばらくの間に、原稿を売って金をかせぐことを覚えた。一所懸命に書いた。だが、貯金帳というものがなかなか出来なかった。自分ではかなり働いたつもりでも、郵便局なり、銀行なりに、預金というものがなかった。神田の印刷屋兼不動産屋の三階にいた頃、女房は真新しいハンコを買った。ハンコ屋さんから、じかに銀行へ行き、まだ朱肉のついていないハンコを差し出すと、銀行員が怪しんだ。ハンコ屋さんは、買わないで必要の個所にハンコを押しただけで立ち去る客がよくあるから警戒している。

杉並区荻窪に移ってからは、すでに文芸雑誌に長篇も発表していたが、やはり貯金帳はなかった。下宿先は天沼の外れで、荻窪駅まではすこぶる遠かった。近所に住む友人の宅へ出かけて銀行小切手を現金に代えてもらったこともある。牛乳屋さんで牛乳を立ち飲みして、それから「現金に代えてくれませんか」と相談したこともある。牛乳屋の主人もおかみさんも快く代えてくれた。何度か、そんなことをしていると、おかみさんは「駅の表通りに××銀行があるから、そこに少しでいいから預金して通帳を作っておくと便利ですよ」と教えてくれた。五千円の書留が届いたので、早速、その銀行に預け入れた。だが、翌日には全額引き出してしまった。速足で歩いて二十分以上、ゆっくり歩けば三十分はかかる距離である。働き盛りなので「散歩」というものを、とくに意識する必要はなかった。いそがしいことは金のかせげることだし、金のかせげることは、何よりも愉快なことであった。

ザリガニの棲む小川や、田んぼへ出かけることもあり、二軒の銭湯へかわりばんこに行くこともあったが、現在の私の「散歩」のもっている努力感は全くなかった。文芸雑誌の編輯者も暇がたっぷりあって、その月の原稿が書きあがると、持参の現金を私に渡し、駅まで歩いて中華料理をたべ、祝杯をあげるのだった。

半恍惚の今、私には貯金がある。私の散歩は「貯金のある散歩」である。ある意味では、貯金帳にしがみついた散歩である。預金帳を頼りにする散歩というものは、働き盛りの散歩とは、まるで異なっている。非常にケチ臭いものになりがちである。一円引き出せば一円減る。だんだん減ってゆけばなくなってしまう。

私の注目していた仏教学徒がいる。その学者は戦争中、ラジオや著書で多くの市民に影響を与えた。仏教というものの親しみや広さを沁みわたらせた。そのしゃべり方は、一種、俗主婦は、日比谷公会堂の講演会に熱心に集まってきた。彼を慕う青年や受けのするものであった。しかし、俗受けのしない仏教というものが存在出来るかどうか、なかなか判断がむずかしかった。ともかく、彼の弁舌はさわやかであり、聴聞者は充分に満足した。ラジオ講演は出版されてベストセラーになり、彼は仏教改革運動の指導者になった。お釈迦様の教えを説き広げるにつれ、おそらく彼の貯金は増加したにちがいない。彼はただ、聖なる教えを宣伝しさえすればよかったのである。

戦後、彼にとって事情はむずかしくなった。「お釈迦様とイエス様は、夫婦のように親しい仲です」と唱えたりした。当時、私が下宿していた神田の印刷屋兼不動産屋の主人（朝鮮人）は、その話をきいてきて「エス様とお釈迦様のどっちが女なんでしょうねえ」と、ふしぎがって私にたずねた。独立した寺院の、宗派に関係のない信仰の殿堂も工夫した。仏寺を会場としてクリスマスの集まりもひらいた。しかし、彼の講演会に集まる人は少なくなり、講演集の売行きは、はかばかしくなかった。今や、彼の唯一絶対の関心事は、預金帳に記された貯金の数字の減少することであった。彼は悩んだ。憂鬱の日々が続いた。そして死んだ。

彼を咎めだてする気は全くない。信仰と現実の矛盾を、あからさまにして彼は死んだ。その矛盾は、あからさまに私にだってうけつがれている。その意味では、彼こそ私の先輩である。私は僧侶から文士に変身して、そのおかげで自分の貯金欲を隠さないでいられる。彼は死ぬまで僧侶であり続けたから、自分の貯金欲をひた隠しに隠しながら、その秘密を他人にかぎつけられてしまった。スパイはどこにでもいる。自分がスパイであることも気がつかないスパイが沢山いる。彼に何の罪があるのか。スパイは地獄へ堕ちるのだろうか。スパイでない人は、果して極楽へ行けるのだろうか。スパイと仏教学者。この奇妙な取合わせは、果して奇妙であるのだろうか。

進駐軍放出物資というものが、かつてあった。女房は金魚のヒレのぴらぴらついたようなアメリカ中古服を喜んで買った。アメリカ人の服はサイズが大きくて、なかなか適当なものがない。女房の買ったのは、おそらく子供服であろう。赤いだんだらの金魚のようになった女房と、毛皮のチョッキ(父の弟子が送ってきた犬皮のチャンチャンコ)を身につけた和服の私が揃って歩いていると、通りかかった学生たちが「わあ、チンドン屋が通るぞ」と、ひやかした。その一方で、女房のただごとならぬ通行を、毎日見守っている五、六歳の幼女がいた。その幼女が或る日、父親に向って「ああいうきれいなおべべをきている人は、お金持なのねえ」と、感に堪えたようにいった。

お金があって、雨の降っている夜など、私は荻窪駅から「バタバタ」に乗った。自転車にモーターや箱やホロをくっつけた揺れのひどい乗りものだった。「バタバタ」に乗れるようでは、よほど金まわりがよいのである。乗りこむときに、羨ましそうに眺めている庶民もあった。無言劇の登場人物のように、駅前の街角に、あらわれては消えてゆく庶民たちには、いずれも私と同様、金の貯えなどありそうになかった。それでも彼らは一人前の人間として、幕が上ってから下りるまで、この世に存在しているらしかった。

敗戦直後、正宗白鳥氏は「虫の如く死す」という文章を発表した。上海の日本居留民の集中地区で発行されている雑誌にも、それが転載された。虫の如く死んでいった日本人たちに対する老文人の感慨が、題をみただけで海を隔てた私たちにもよく伝わってきた。「虫の如く死す」。それは、実はいつも人間につきまとっている平凡な運命ではあろうが、全面降伏の直後、その言葉は絶対の真理としてうけとることができた。それから三十年近い歳月が経った。庶民たちにも貯蓄精神がよみがえり、貯金の身がまえは、あまねくゆきわたった。女房に隠して夫が所持している貯金帳もあり、夫に隠した女房の貯金帳もあるという噂が流れている。「うちはたしかM銀行のはずだったんですが。へえ。D銀行にもあるんですか」と、D銀行員の訪問にびっくりしたりするということが、文士の家庭内においてもあるらしい。六十過ぎて、生れてはじめて貯金帳をこしらえた知人が、夜になると楽しそうに、向うむきになって、家人に隠すようにして眺めているとか。またハイヤーに乗って銀行に往復し、金の出し入れは他人に任せないとか。もの悲しいような健気なような話も伝わってくる。しかも、貯金の数字を額面通りうけとることは、もはや、われわれには許されない。「虫の如く死す」ではないけれども、金銭は「泡の如く消ゆ」だからである。たとえ、肉体と精神が健全であったとしても、泡の如く消えてゆく金銭という厄介な軟体動物に対し、どうぞ、そんなにあっけなく消えてゆかないでくれ、と頼むわけにはいかない。泡の如く消える奴だからこそ、ますます、それにしがみつかざるを得ない。最近『かもめのジョナサン』というアメリカの流行小説が翻訳され、それに呼応して「あひるのドナサン」という皮肉たっぷりな短篇が発表された。しかし、天翔ける(あまがける)ジョナサンも、地面をよちよち歩きするドナサンも、ともに泡の如く消ゆる存在においつけるはずはない。

九段の「中先生」に治療されるのを怠けだしてから、たくましい信州男の指圧の往診をうけることになった。それには、まことに長い因縁話があった。横浜の女学校に通った女房には、二人の親切な女先生がいた。一人は軍国精神（というより、精神主義と申すべきか）にこり固まったM先生であった。もう一人は姉妹揃って未だに独身を通しているA先生で、へんな生徒であった女房を、未だに見捨てていない。そのA

先生が私たちの毎年行っていた信州の温泉宿にきていうには「どうもM先生の嫁ぎ先がこの近くらしいのです」。卒業後、十何年もM先生に逢ったこともなく、同窓の友人たちとのつき合いもなかった女房は、そのやかまし屋の先生が、信州、川中島近くの刀工の家にお嫁さんになって健在なことを、それまで知らなかった。A先生と女房は、電車に乗り、バスに乗りかえ、思いもかけぬ辺鄙な農村に出かけた。真夏の田舎道を歩いてゆくと、赤ん坊を背負った、目がねをかけた女の人がにこにこ笑って立っている。宿からの連絡でM先生が出迎えていたのであった。土埃にまみれた藁草履をはき、やせて小柄なM先生は、毅然とした顔だちだけは昔通りはっきりしていた。簡素な農家の構えであり、外部からでは刀鍛冶の住む家とは思えなかった。すでに四人のお子さんがあり、戦後、ひどい苦労をしたらしかった。「ここは私の郷里ではないの。刀のことは何にも知りません。そういう風な内助の功はしていません。ひょんなことでお嫁にきてしまっただけ」といって、手打そばを御馳走してくれた。A先生は戦後はじめて逢うことのできたM先生の変身ぶりに、ひたすら「おえらいですねえ」と感嘆するばかりであった。五歳位の女の子が踊り好きらしく「船頭かわいや」などと自分で歌いながら、手ぬぐいをかぶって踊ってみせてくれると、M先生は目を細くして「おう、おう」と眺めていた。旦那さんは無口な人で、女客たちにちょっと挨拶してから仕事場を案内してくれた。「山に入って木を選んで、自分で炭ごしらえからします」と教えてくれた。「冬でも川へ水浴びに行くんです。体が丈夫でなくてはつとまらない仕事です」と、M先生は口ぞえした。横浜の女学校に勤務している頃は、庇うようにして、たった一人の夫に仕え、四人の子供を育てる人とは、とても思えなかった。「今は貧乏の花盛り」といい放って、何の後悔もなく、現在の境遇に満足しているらしかった。「一と晩泊っていらっしゃい。ここから見えるあの山の間の小さな温泉場に、皆で、リヤカーに乗って行きたいけれど」と主張し、二人の女客が「いいえ、私たちは」と辞退すると、さびしそうにしていた。それ以後、M先生の消息は絶えていた。そのうち、東京で名刀の展覧会が度々ひらかれ、旦那さんは丹精こめた刀を陳列し、それにつき従ってM先生も上京した。A先生は、夏の休暇などに蓼科その他、女房の許を訪ねてきた。二人の間にM先生の身の上について、のんびりした会話が交わされたにちがいない。

二年ほど前、突然、M先生から電話がかかってきた。「あなたの旦那さんが御病気だと、ほかから伺いました。とてもいい指圧の先生がいるから紹介します。うちでは主人も私もこの指圧にかかって命拾いをしました」と、絶対命令を伝えるように一方的にいった。

　すると、翌日の夜には、もう、その指圧名人（実は名人の弟子であるが）が、アパートのドアをあけて入ってきた。農村の次男坊か三男坊である、その指圧の先生は、自家用車できたけれども、いかにも農村出身の匂いを漂わせていた。「ふとんを敷いて」「枕を持ってきて下さい」「枕の上にタオルを置いて下さい」「こんにゃくを煮てあったためておいて下さい」「天花粉を枕もとにおいて下さい」と、私へともなく、女房へともなく命令した。痛い指圧だった。くすぐったがり屋の私は、体にさわられるのが嫌いである。「文化勲章をもらえる人だから、よく治療してやって下さいとM先生にいいつかってきました。足はしびれていますか。ふうん。感じがある？　だんだん圧して柔らかくしていって頸の根っこに一線が残る。その一線がむずかしい。マッチの軸ぐらいのもんです」と説明して、自分の足を壁につっ張って、自分も寝転んで、右うでに全身の力をこめる。力をこめた指圧治療が終ったあと、右手の親指の腹を眺めて、疲れを覚えたように歎息した。四十分から一時間まで指圧は続くので「中先生」よりも効きめはあるかもしれないと、漠然と私は思った。いつもゆだったこんにゃくは熱すぎるので、私はタオルを厚くあてがって、こんにゃくの熱をさけたがった。「いい気持のはずだがなあ。熱くなければ、こんにゃくは役に立ちませんよ」といわれた。「散歩しますか。どこを散歩しますか」ときかれて「……ええと、明治神宮。それから靖国神社。それから武道館」と、私は面倒臭くなって答える。「明治神宮？このアパートから明治神宮まで歩くんですか」「いや、そうじゃない。明治神宮や武道館を一まわりするんだ」「ただ歩くだけでは駄目ですよ。元気よく手を振って、なるべく早足で」「そうやっていますよ」私は自分の散歩をうまく説明できないので、いらいらしてくる。テレビはたいがい、その頃「必殺仕掛人」を放送している。そこには、ポキポキと手の指を鳴らして、悪い奴の背骨や頸の骨を見事に折って、ひそかに殺してしまう男が出てくる。プスップスッと脳天やぼんのくぼに針をうって殺してしまう男も出てくる。それらの男たちの声を耳にしながら、私は横たわって、まな板の上の鯉のようになっているわけであり、指圧師も多分、愉快そうに自分の指の圧力を試しながら、横眼で見ているわけである。一週間に二回、彼は通ってきた。彼の口から、いろいろとM先生一家に関するニュースをきいた。M先生に仲人されて、M先生の指定したお嫁さんをもらったらしい。ともかくM一家の彼に対する支配力は絶大なものであるらしかった。私は顔をみたこともないM先生を、その生活状態ならびに精神状態を、いつのまにか、まざまざと感じとっているかのような状態になった。私が文化勲章を受領するまでは、指圧師は任務をあきらめないようであった。「ちがうんだよ。そういうのとは。M先生は何か誤解しているらしいねえ。痛い。もっと痛くなくしてくれ」と、私はたびたび注意した。しかし、彼は「平櫛田中先生はえらいですねえ。もう百歳に達しそうになって、九十何歳かですが、木彫りの仕事を続けていますよ。平櫛先生は、五十六十は鼻たれ小僧といっていますよ」（実は、その頃平櫛先生はすでに百歳に達していた）「私はねえ。もう少し仕事がしたいだけなんだ。頭がどうもよく働かないんだ。頸をもまれると頭がはっきりするから、頸をもむことには賛成だが、ほかのことはどうでもいいんだよ」「ほかのところは全部なおっても、その一線だけがなあ。その一線だけが残って、ほかの体の部分はぴんぴんしてしまっても困りますなあ」と、ますます力をこめてもみしだく。

脳血栓の後遺症は必ずなおしてあげる、と彼は断言した。その代り、ガンだけは治療師の手に負えない、とはっきりいった。「うちの母親はお腹がふくれてきたので、さわってみると固いシコリが出来ている。それでガンだなと分ったんですが、どうすることも出来ないので『くさのおう』を採ってきてつかいました」と説明する。「くさのおう」というのは、はじめてきく名なので『原色植物検索図鑑』や、毎日ライフの臨時増刊『現代漢方大全集』で調べてみると、人家附近の石垣の間、路傍の草地、林のへりなどに生えるケシ科の毒草であるらしい。つまり食べてはいけない。生葉の切り口からにじみ出る黄赤汁を指先にとり、これを患部にすりこむ。いんきん、たむしなどに効きめがある。明治時代には胃ガンの治療にもつかわれた。私は自分には関係のない薬草だと聞き流した。

M先生の腹部がふくれ上り、ガン症状を呈しはじめたことも指圧師の口から聞いた。「長野の病院でみてもらったら、あと三ヵ月だということです。本人には知らせませんが」と、彼は憮然としていった。そのうち、疲れきった彼が午後八時過ぎにアパートに到着し「今日は丸一日働いたからくたびれました」と告げた。信州からM先生を彼の車で運んで、特別の名医に診せるため、今まで付き添っていたという。ほかの病院で見放されたガン患者も、その医師の手にかかると全快することがあるという。冷房もない質素な病院だという。「きっと『赤ひげ』の病院のように汚ないところだろうなあ」と女房と話し合った。三ヵ月経ってもM先生は死ななかった。体はやせ衰えて見る影もなかったが、すでにガンであることを特別の名医から通告されているにもかかわらず、M先生は心配してしょんぼりする旦那さんより、むしろ元気だった。もちろん、指圧師は「くさのおう」をM先生の許に届けた。A先生からも電話があり「家に帰られても寝ておられて電話口にも出られないのではないかと思って、おそるおそる電話しましたら、受話器をとられたのがM先生でした。今までの病気の経過など細かに話されて、ガンである、ともいわれました。予想外に元気で驚きました。東京の名医のお薬が効いたのでしょうか」とのことであった。酷暑の季節を越し、秋も過ぎ、正月を迎えた。松の内を終えた頃、A先生から電話がかかった。「M先生が亡くなられました。御家の方からはおしらせがなかったのですけれど、実家の妹さんからおしらせがありましたので」

その頃、私はすでに、指圧師の手をわずらわさなくなっていた。そして、ひくひくと生き続けていた。私ののろのろした散歩も、あいかわらずだった。亡き妻をしのんで仕事も手につかなかった名刀鍛冶は、人間国宝の称号をうけ、名工としてのその名は揚る一方だった。

指圧の先生の許へ通ったり、往診を頼んだりする私は、彼らを信用していないわけではなかった。やはり、私の貯金と関係があるらしかった。貯金のことは、すべて女房に任せてある。定期にするか、普通預金にするかも私と相談して彼女がきめる。いわば大蔵大臣は彼女である。電話口の応対も彼女に限られているから、女房が外務大臣である。税務署関係の書類をとりまとめて計算するのも女房である。郵便物を要と不要に選りわけるのも彼女である。したがって郵政大臣も彼女ということになる。経済企画庁長官の役も彼女にとられた。私の健康状態は、すべて彼女が診断するから、厚生大臣も彼女にとられた。運転も彼女だから交通大臣（というものがあるかないか知らないが）もとられた。文部大臣だけは私のものだと安心していられない。するするすると口述筆記をするのも女房だから、すでに危くなってきている。せめて総理だけは、とねがっているが、それらの諸大臣に彼女を任命する権力の手綱を、はたして私は握っているのかどうか。野党側にまわれば、春闘をしようが、ゼネストをしようが、彼女の自由である。ヒステリーを起して過激派の攻撃精神をあらわにしようとすれば、それも彼女の自由である。（今のところ、総理が妥協的で野党もほどを心得ているから、当分はこのままでいけると総理はひそかに政局を見通しているが）「百合子得意の巻だな」という総理の述懐も、そっくり、するすると口述筆記され、この散歩シリーズの原稿になっているわけである。

「歩かない散歩」「待っているだけの散歩」「思いつめないようにしている散歩」「嘔吐しながらの散歩」「犬を連れた散歩」「ネコを残してきた散歩」と題材は限りがない。「屍臭のする散歩」「上海での散歩」「マラリアのある散歩」「エロマンガとポルノ映画のある散歩」「一日一食の散歩」「情報全くなしの散歩」「苔とカビの生えた散歩」など、死ぬまでタネに事欠かない。

「おとうちゃんは、ボケの親分だね」と、突然女房にいわれて、ドキリとしたことがある。富士山の山小屋の周辺には、トゲの生えた低いくさぼけの繁みがあって、その実が、どの辺にあるか、よく知っているのは私だけだから、そういったのであるが。（梅の実よりは少し大きく、柿の実よりは少し小さい。黄色く熟れてから焼酎に漬けると、ぜんそくと胃痛と脳卒中に効きめがあると土地のものはいう。）いずれにしても散歩は続けねばならない。

明治神宮の表参道は、今や、日本シャンゼリゼエとよばれているらしい。同潤会アパートの蔦がからんだ煉瓦建。教会。外人向きの美術骨董品店。気の利いたレストラン。中華料理店。ビーフステーキ専門店。そこをとびきり新しいスタイルの若者たちが歩いている。その若者たちの服装や髪型は、男女の区別がつけにくい。ともかく、ファッションの先端を行っている姿は面白いものである。馬も馬車もどこにも見当らないのに、純白でふちどりのある貴族的な乗馬服、金具の音のする乗馬靴を身につけて、ムチを持ち、傲然と歩いている若者もいた。その若者たちの目的を知ることは不可能である。防衛庁も特審局も、彼らの目的が奈辺にあるか、探索することは出来ないだろう。楽しげに、無神経に、彼らは歩いて行く。楽しげに、無神経に、と形容するのは、おそらく彼らにとって不本意にちがいない。真剣に、といった方がよいであろう。何と沢山の苦悩が、そのあたりの空気に浮遊していることだろう。それらの心理の浮遊物は、何一つ他人には理解されないまま、目に見えない塵のようにして漂っている。壁のようにたちふさがる亡霊か、ほかの星からきた怪しき生物の「暗示」「命令」をうけとったかのようにして、息をつまらせることなく、われわれは歩いて行く。街頭にあらわれないで家並みの室内にとじこもっている苦悩も感じとられる。それは、もっと奥深くひそめられて、じっと我慢しているにちがいない。耳の外を流れる街頭のささやきは、沈黙のささやきを通じ合っている。それは「神秘なるざわめき」としか称しようのないものである。「ざわめきの聞える散歩」だから、サンポなのである。都会が眠っている間も、明日の目覚めを待ちうけて、ざわめいている。諸行無常の方角に向って、地球が太陽のまわりをめぐるようにして、どうしようもなく運行している。あてにならぬ素人の運転みたいに、諸行無常は緩慢に進むかと思えば、急に速度を増す。諸行無常のスピードは測定しがたい。しかし、「彼」はとどまることをしない。とどまっているかにみえる瞬間こそ、「彼」は大声あげて突進している。イワン・カラマゾフ風の人物なら、多分、こうつぶやくだろう。「これらの人類に味方してやることは出来そうもない。あまりにも多種多様で、しかも同じ人類らしき思想のもとに生きている奴らだからなあ。彼らはいかなる瞬間にも自己の欲望を手放そうとはしない。ということは、つまり、彼らの主義主張を離れることは出来ないということだ。冷酷な神の眼からすれば、彼らはつねにぐうたらであり、つねにまじめなのだ。私は彼らのぐうたらを許さないと同様に、彼らのまじめさを許したくはない。一見、アンチ・ヒューマニストとみえる私が、どれほどヒューマニストであるか、そんなことをいいきかせたとしたって、何の役にも立ちはしない。インチキのヒューマニズムは、あたりを充たしている。そのような不徹底なヒューマニズムこそ、人類が愛好するものだからである。だから人類にとっては不徹底なヒューマニズムこそ、まごうかたなき人類愛だと思いこんでいられるわけだ。人類のざわめきは、神のうるさがるほど騒々しいものであり、それを全部聞きとってやること（あえて聞きとどけてやるとまではいわないが）が、神の愛なのであろうが、それが熱いか、冷たいか、神の体温のことなど、俺の知ったこっちゃない。フン、神秘なるざわめきか。それは絶対の沈黙を終局の運命と定められた奴らの、せめてもの抵抗かもしれんからなあ。だから俺は、そのざわめきを限りなく愛し、かつ、限りなく嫌悪するのだ」。こう書いてきたところで、私自身は、イワン・カラマゾフではあり得ないし、やはり、ボケの親分のつぶやきをつぶやいているにすぎないのであるが。

イワンばかりが、カラマゾフ家の一員ではない。アリョーシャも、ドミトリイも、彼らの父親のフョードルもいる。僧院から抜けだして、イワンに逢いにきた青年僧アリョーシャなら、こんな具合に話しかけるだろう。

「兄さん、分っていますよ。ずい分とあなたは苦しまれたものですねえ。あなたの苦しみを思うと、私も切なくなります。ぼくは信仰をめざすキリスト教徒であるのみならず、あなたと同じカラマゾフの一員ですからねえ。しかし、人間に対するあなたの考え方は間違っています。人間をそのようにきめつけることは、救いを拒否することです」。イワン「お前は、ぼくを兄弟とよんでくれたねえ。ありがとう。お前はやさしい正直な若者だ。人間が神に救われる動物だということを深く信じている。それに反対はしないよ。だって、そう信じつづけて、お前は一生を終ることになるらしい。(信仰を裏切って、親父さんよりもっと極悪非道な男に変身しない限り)信仰を守りつづけた方がよいか、黒い裏切り者に変身した方がよいか、私は知らない。私は、しかし、黒い裏切り者ばかりでなく、あらゆる堕落者を近しいものと感じとっている。近しいどころか、そのような堕落者になることを、少しも恥ずかしくないことだと覚悟している。私は、彼らを救ってやろうとはしない。もともと彼らは、ありのままの本質をさらけ出して消え去るだけだ。お前は彼らを救ってやるだろう。彼らの何千何万分の一だけは。それがお前の使命だからだ。輝いているお前の眼をみるだけでよく分るよ。しかし、泥棒や殺人犯の眼が輝いていなかったと、誰が保証できるか」。ア「分りますよ。いや、分ろうとつとめています。だからこそ、神様はいらっしゃらなければならないのです。昔から今まで、未来永劫に神様はいらっしゃるのです」。イ「神を信じないで死んでいったものたちはどうなるのか。今さらどうなりもしないんだ。と言ってのけることは人類愛に背くことだろうか。ぼくは、それで充分なのだと思っている。救いなどなしでも、彼らは立派に死んでいったんだからなあ。まさか、それが神の愛だなどとはいいださないでくれ」。ア「それだからこそ……。いや、よしましょう。イワン兄さん。あなたほど神様のおそばに近くいる人はいないと私は思います。カラマゾフ家の人々は（おとうさんも含めて）神様のおそばにいます。ただ、それに気がつかないだけです。ドミトリイ兄さんの酔っぱらいぶり、暴力、一たん思いつめると火のようになるあの性質。あなたの不可解な哲学。それらはみな、私に神の声をよびかけるのです。私が変身する？　それはあり得ないことではありません。堕落者、裏切り者、救いなき人々の一員に私がなるとしても、それでも私は神を信じます」。イ「いいよ。いいよ。まだしばらくの間、ぼくたちは二人とも生きてゆかなければならない。神秘なるざわめきは、まだまだ今日や明日、消えてなくなるわけではないんだ。小説も音楽も思想も主義主張も、その間は、まだ余命があるわけだからねえ」

イワンとアリョーシャの会話は、脳血栓の私の頭の中で、泡の如く浮び上り、泡の如く消え去った。会話の続行や中断を、自分の意志できめかねる病人であることに満足することにしよう。

それにしても、イワンには貯金はなかったであろう。遺産の分前があったか、なかったか、それは断定しにくい。彼にとっては「精神の貯金」の方が、金銭の貯金より重大問題だったにちがいない。しかし「精神の貯金」だって、精神界のインフレ状態のおかげで、泡の如く消え去ることもあり得るのである。

あぶない散歩

少年の頃には、ほんの短い距離の町並みが、はかり知れぬ驚異に充ちていた。

花電車。乗客のない不思議な乗物。それが、いつ眼の前にあらわれるか、予想もつかなかった。遠くからゆっくり近づいてきて、光り輝き、色あざやかに、一瞬あきらかに眼の中に停止し、眼の外へ去って行く。

花電車の到着を待つためには、白山坂上に出なければならない。本郷東片町にある父の寺から、白山坂上へ出るには「出る」というのもおかしいくらい近いのである。かつては、ずい分遠くに見えた（時には雄大にさえ見えた）坂道は、今、車に乗って通過すると、町並みも、店の姿も眼に入らないくらいの短い傾斜だった。何のために花電車が通行するのか、それは問題にならない。いつまで経っても花電車は坂下にあらわれないので、子供たちはざわめいている。そのうち「来た、来た」と、眼の早いやつが叫びだし、やがて普通の電車よりは速度をゆるめて、堂々と花電車が上ってくる。顔見知りの大人たちもまじっていて、やはり「来た、来た」と、互いにうなずき合いながら、のりだすようにして見つめている。今では南米のカーニバルや、巴里祭、日本各地の祭りの行事に登場する、様々に飾られた美しい通過物が、少し大げさなほど、テレビ画面にうつしだされて、それほどの興味は湧かない。しかし、少年の眼には、電車を運転している制服の人も、今日の晴れの日を誇らしげに味わいながら、楽しげに車上に直立し、見物人を充分に楽しませているのであった。

少年には散歩の必要はない。ただ、まだ試されない自分の手足を動かして、駈けつけるか、通り過ぎるかしていればいいのである。白山坂上と肴町の界隈は、一軒一軒のお店も、そこに出入りする町民、店の前や奥に控えている店員や主人の、それぞれ趣のある坐り方や立ち方も忘れられない。何か頼りなげな淋しい影が、住民の運命を暗示するように、寺に住む少年のあたりに漂っていた。

呉服屋の番頭さんが、月に一回、母のもとへ通ってくる。丸く巻いた反物をのばしたりして「奥様にはこれが」と、いつまでも話し合っている。

寺の前には桶屋さんがあり、朝早くから日暮れまで、一人のおじいさんが桶のたがをはめていた。とんとんと静かな小路に木槌の音が響いていた。おばあさんの方は梅干婆を画にかいたような婦人で、実際に頭痛や歯痛のために梅干をつぶして、こめかみやほっぺたに貼っていた。老婆はおじいさんの傍で、カンナ屑や、ほかのゴミなどをかたづけて、意地悪そうな眼で子供たちをにらんでいた。

寺の門は夕刻にはぴったりと閉められ、小門の方は、がらがらと鎖の音をさせて開けたり閉めたりされた。桶屋の隣が写真館で、その隣が理髪店だった。その理髪店には、気の強い若い床屋さんがいて、高い朴歯(ほおば)の下駄を鳴らしていた。彼は威厳をもって店内をとりしきっているばかりでなく、下働きの少年を絶えず叱りつけていた。自分と同じくらいの少年がこき使われていることに、私は割合に無神経だった。しかし、若い職人の手きびしい暴君ぶりは、いつ自分が叱られるかもしれないという怖れを与えた。いつか、色男自慢の男が顔をあたらせていたが、私が隣の椅子で、少年店員のなすがままに腰かけていると、私の方を見ながら「可愛いにいちゃんじゃねえか。いまにきっと女を泣かせるぜ」といった。「女を泣かせる」という意味など私には分らなかった。男の予言は外れて、多分、一回も泣かせたことなどありはしなかった。

寺には狭い借家が附属していた。その借家には巡査夫婦が住み、のちに慶応を卒業した、洒落た夫婦が住むことになった。指圧師のような仕事をしていて、生意気な男の子が二人あった。私が父の膝に甘ったれて抱かれていたりすると、私の家に遊びに来ていた男の子は「ヘン、まだ親父さんに抱かれていやがる」と軽蔑した。その医者は、目だたない指圧師の位置から、いつのまにか脱出し、偉い患者も沢山通う「先生」になって引越していった。今だったら、私もその「先生」の手をわずらわしたであろうに。その「先生」は、その当時評判だった「人肉の市」という流行本を買ってきて、子供の私にも見せびらかしていた。新聞広告に裸の女のしばられた画が出ていて、いくら見せびらかされても、我が家では読み耽ることはできなかった。若い奥さんは、夫の警戒心のなさに恥ずかしそうにしていた。

借家の隣は家具屋だった。ざくろの木のある陰気な家には、塀越しに秋になると、人肌のようにざくろの実がなまなましくついた。家具屋からは、いつもニスの香が漂ってきた。そして家具はちっとも売れなかった。娘さんが一人あって奇病にかかった。体がだんだん縮まって、自分の肉に自分の内臓がまきこまれたようになり、東大病院に無料で入院した。めずらしい症状のため、その肉体は保存された。そんな悲しい娘さんが生れて死ぬのにはふさわしい惨めな家具店だった。

何と狭い空間に、音や、光や匂いの驚異が充満していたことだろう。小さい寺の境内までが、すでに驚きの発生地だった。墓地の裏手は銭湯であり、湯を流す音や、洗桶を三助がかたづける音、同じ三助が誰か大人の肩をぽんぽんと鳴らす音が聞えていた。前庭、中庭、奥庭のぐるりでは（と言うと広大そうだが、いずれも狭い、けちくさい場所）民家がひしめき合っていて、夫婦げんかや子供を叱る声、または物騒な若い衆の相談が聞えている。小児科の医師の診療室も、つい鼻の先で、子沢山の医師の子供たちが遊びたわむれる声がつつぬけだった。小さな家々は、みな裏側をこちらに向け、透けて見える生け垣や、板塀でさえぎられていたが、なかには建物の背なかをジカに押しつけるようにして、とり囲んでいた。寺そのものが不安定な外界につながり、その外界は一歩外へ出ると、めくるめくような未知なる世界につながっていた。

肴町から電車通を横断して、左手に大観音（同じ宗派のその寺には、よく父親の命令でお使いに行った）を見て、根津権現の坂道にかかる。下宿屋の多い急な坂道を下りきって、上野山へと裏側から上って行く。そのあたりには、画学生の匂いがあり、やがて、美術学校や、美術館、博物館の建つ、上野山の西洋風のひろがりの中へ入る。その坂道の文房具店で「尼港惨劇カルタ」なるものを買った。買わずにはいられなかった。尼港惨劇については、おぼろげに「怖い事件」という印象があった。ロシアのどこかに日本人が少数派遣されていて、そこへパルチザンという強盗団が攻めこんで、日本人を皆殺しにしたという噂は伝え聞いていた。女の髪の毛が木の枝からぶら下っていたりして、見るも無惨、聞くも涙、という話は、何となく怪奇な物語じみていた。「る」のヨミ札には「るすに淋しくヨシコ嬢」とあったのだけを記憶している。トリ札には、その地の領事か何かであった父と母を殺された少女が、羽織はかまで描かれていた。シベリヤ出兵のことなど知るよしもなかった。その土地の様子など研究したこともなかった。カルタのことも忘れていた。ナホトカやハバロフスクの土地を自分の足で踏んでみてから、朝鮮人の通訳の口から、その間の事情を知らされた。「パルチザンの勇士の一人は、燃えさかる汽車のかまの中にぶちこまれて死んだ」と、通訳は日本人の感情を害さない程度に語った。ヨシコ嬢のことも、日本人居留民のことも、ハバロフスクの中央博物館には記されているわけもなし、幅の広いアムール河には、六月の日光がおだやかにおちていて、二、三人のロシア人が水浴を楽しんでいた。

アセチレンガスの匂い、夕風になびく浴衣、バナナの叩き売りのたけだけしい売り声。夜店を歩く私は、父か母かに連れられるか、兄か妹と一緒だった。一年に二回位、サボテンの鉢を夜店で買った。なるたけ安いものを選んで、それをふやした。私はサボテンが好きだった。それは植物のもっている意義を突破し、独立孤立している植物だった。カニサボテンなどは、なかなか買えないので、丸い球状の奴に限られていた。それでも小さい球がいつのまにか生えて、それを別の鉢に植えるときには、まるで奇跡が実現しているかのようだった。庭の隅には、赤カブや鳳仙花を植えた。子供がやっても成功する園芸で、小さな赤いカブのふくらみは、種袋に書いてある通りの、時間のかからない出来栄えであった。鳳仙花の花は次から次へと開き、その青い実は、黄ばんですきとおってくるのを待って押すと、すぐはじけるのである。

箱庭の小舟や橋や水車や鳥居や百姓家は、泥を焼いて出来ていた。犬や馬や鶴など、動物もあって、地面に据えいいように針金がつきでていた。しゃがみこんでは何回もやり直す。宇宙の支配者にでもなった気分で、簑を着た漁師、仙人じみた男などの小さな姿を、どこに配置するか。それには神の配慮じみた慎重な気の配りが必要である。私は一つ一つ叮寧に動かしてみた。未来小説のように乱暴にかきまわして楽しむ心にはなれなかった。その小さな小さな素朴に色づけされた自然の部分は、私の自由になるようでいて、実は自由にならない秩序に従っていた。植物は育ったり枯れたりして、私を困らせたが、箱庭の小道具たちは元通りにいつまでも変化しないことで、私を困らせた。

寺の内も外も、必ずしも安全な場所ではなかった。小学校の戻りに墓地の外側につながれている馬に咬まれた。白山坂を上り下りする荷馬車が一休みするために、寺の前を選んだのだろうか。鞄を下げて、馬と塀の間の狭い場所をくぐり抜けようとする。馬は多分、親方にいじめられて気がたっているか、それとも腹を空かせていたのだろう。いきなり、生あたたかい大きなものが頭上におおいかぶさってきた。そして、私の頭は大きな歯並びにはさまれて動けなくなった。馬が口を放すまで、ひどく長い時間が過ぎたように思われた。馬の横腹と脚の傍らを走り抜けて、馬というものが、いかに大きな動物であるかということを悟った。誰にも知らせずに頭を調べると、大きな歯の跡がついていた。

二年後に、一と夏、神奈川の田舎の寺に預けられた。水田と畠の広がる涼しい道で「馬に乗らんかね。乗ってもいいだ」と、百姓のおじさんが声をかけてくれた。もがくようにして、やっと馬の背に乗った。もう一人、田舎の子供がいて、私の背中にしがみついていた。馬は歩きだした。背中の荷物（つまり、われわれ）のことなど、少しも気にならない風で、ゆっくり歩いて行く。私たちは、はしゃいでいた。馬は次第に小川の流れに近づいた。そして急に首を下げて水を飲むふりをした。いきなり、首なしの馬になったので、私は転げおち、つづいて田舎の子も転げおちた。

女房や子どもが出来てから、また馬に乗った。蓼科高原で滝見物のため、かなり長い距離を歩いて高原を横切って行く。馬方の男が二人待っていて「帰りの馬だから安くしておくよ」といわれて乗る気になった。女房や子供は、すこぶる足達者なので、歩いてついてきた。その頃、私は肥っている最中だったので、危なっかしく乗せられていた。歩くより、たしかに楽であるが、凸凹道を上って行く馬の背は、すこぶる不安定なように思われた。夏の間だけ借りうけた家の門の前まで無事についた。ひらりと身軽に馬の背からおりたつもりだったが、足が地面につくと同時に転がっていた。馬方は呆れたように私をみつめていた。お尻がすりむけて、長いこと生牛肉のような色をしていた。

関東大震災の日、大揺れや、揺れ返しや、小刻みの震動が続いたあと、寺の周辺の家々からは、思いがけないほど、沢山の大人や子供があらわれてきた。いつもは姿を見せぬ老人や病人が、はじめて陽の光をうけたように、よろめき出てきたり、戸板にかつがれて、眼をつむったまま出てきた。同一の災害のもとに、皆が親し気にしていた。八百屋さんは急に気前がよくなり、店の品物を分ち与えた。誰でもが自分より少しでも気の毒な人を手助けしようとした。口を利いたこともない大人たちは、まるで百年の知己のように語り合った。感じのわるい奴、なじめない奴、よそよそしい奴だったはずの「近所の住民」が、キリスト教的な愛に結ばれた、よき隣人として心が通じ合える。映画「日本沈没」で、ただ一つ不満なのは、突如として発生する災害にさいしては、人間同士が突如として親愛の念を抱き、それを身をもって示すこともあり得ることが描かれていないことである。

大震災の年の秋から冬にかけ、寺の境内には、崩れおちた壁土や瓦の破片が堆く積まれていて、石塔の高さまで届いていた。泥の山と墓石の高さが同じなので、その上で飛んだりはねたりすることができた。その遊び場の外れに、石塀に囲まれた大きな墓があった。その墓の正面には、赤く塗られた鉄柵がとりつけられていて、しかも、その鉄柵の一本一本は、槍の形をしていた。私はその墓のまわり、一米ぐらいの高さの石塀の上を走りまわり、鉄柵の上を飛び越すのが得意だった。何回も飛び越すうちに、しくじっていた。気がつくと右足が動かなかった。私の体は竹串に刺された焼きとりのように宙に浮いていた。見ていた写真館の娘が異変を告げにいった。痛いよりも驚きの方が激しかった。自分の右足を両手でつかんで力をこめてひき抜くと、血がほとばしった。私は大きく開いた傷口を押えながら走った。「おかあさん！」と叫びながら家に入ると、父親が出てきた。そして子沢山の小児科医のもとへ運んでくれた。顔色のわるい医者は、手馴れない患者に仰天して、うまく手当てができなかった。「ええと。ええと」と、とまどって、ますます蒼くなり、ふるえる手つきで、やっと手当てをすませた。

大正末期の少年にとって、家の中も外も危険が充ちている。そのようにして、昭和末期の少女にとっても、同じ危険が待ちかまえているらしい。その危険は人生の面白さと密着していた。面白くなければ散歩などする人はない（今の私は、面白くなくても散歩しているけれども）。

私の娘にとっても、おそらく事態は同様だったろう。杉並区天沼の二階住まいが、若夫婦（と、あえて言わせてもらえば）にとって、大海に揺すぶられている穴のあいたボートの如きものであった。子供を持つつもりなど、まるでなかった夫は、愛妻から子供が生れるということを知らされた。彼女は生むような事態になったら、夫から叱られると思って、かなり悩んだらしいが、そう訴えられると、根は気がやさしい夫は、一枚だけのふとんの中で「いいよ。いいよ」と、妻の訴えを聞きいれた。全く、わが子にとって危機一髪の瞬間であった。文学志望の青年が、親の代からキリスト教徒で、キリスト教の病院を紹介してくれた。キリスト教徒と私が因縁をもったのは、それがはじめてである。菜食主義者でもあるその病院の看護婦や女医さんたちは、いったいに色白の人が多く、まことに静かだった。奉仕の精神に充ちている、と私には思われた。

天沼の下宿のあたりは、散歩する場所にこと欠かなかった。天沼の一番奥で、中央線荻窪駅まで行く道が、長々と折れ曲った細道である上に、駅へ行く道と反対側は、二、三軒先から下井草という地名で、一歩外へ出ると、小川や水田でザリガニ釣りをする子供の姿が認められた。そこからは百姓家などがたまに建っているだけで、西武線の電車が走ってきて駅でとまり、また発車するのまで、一望に見晴らせた。生まれた赤ん坊を受領してきて寝かせておいて、翌朝、それを忘れて踏んづけそうになったこともある。何しろ、座ぶとんや、蚊帳や、綿のはみでた掛ぶとんの一面に波立っている、その何処かに置かれている赤ん坊は、ときによると焼酎のさめかかった朝など、所在が不明になったからだ。二階には電気を消すと、すぐに鼠たちがはびこった。よく赤ん坊が鼠にかじられなかったものだと思う。鼠たちは、一と晩で二階の部屋の外に置いてあった(下駄箱がないので新聞紙を敷いて間に合わせていた)靴のかかとをかじってスリッパ風の形にしたくらい猛威をふるったからである。乳母車など無論なかった。夫婦揃って駅附近まで出かけるときには鼠害を怖れて、部屋の中央にもちだした腰かけ机の上に寝具をあしらって置き去りにした。鼠たちは釘にひっかけたネクタイによじのぼったり、洋服のポケットにとびこんだりして遊んだが、赤ん坊はついに嚙まれなかった。

赤ん坊の首がすわってからは、階下のおばあさんの作ってくれた「亀の子」という、おぶい袢纏で、女房が背中にくくりつけて外出した。帽子をかぶってハイヒールをはいて「亀の子」から自分の手足を出し、わきめもふらず歩いてくる女房の姿をみて、逆の方向から来た私は「奇妙な奴がきたぞ」と思った。銭湯へ行くにもその恰好だった。ひろびろとした温かい湯に浸かると、わが身の安全を感じたせいか、赤ん坊は必ずうんこをした。そのうんこは私が耳かきでほじくり出したくらい硬いので、すぐ湯の上にまとまって浮んだ。その間に赤ん坊は、この世に生れおちたからには、独立して苦難に耐えなければならぬと、身に沁みて知ったのであろう。うんこの浮き上った湯の中にいた、ほかの女の子が「うわあ、いやだあ、死にたくなったよお」と叫んだこともあったが、人間は絶えず他人にいやがられる危険を冒さねばならぬことも、知らず知らずのうちに悟ったことであろう。

片瀬海岸に引越してからも、事態はあまり変らなかった。産婆さんの二階の部屋を、うまく借りることができた。当時の私は、わりあいに面通し（めんとお）にパスすることが多かった。神田の印刷屋の三階を借りるときにも、野方の連れ込み旅館の一室に住むようになったときにも、その、しっかり者の産婆さんと初対面のときにも、いずれも一回で「家賃を滞らせない人物」という判定を受けた。

太宰治の心中事件があったあとなので、文士の評判は必ずしもよくはなかった。産婆さんの二階は海風の吹き抜ける、江の島には珍しく静かな下宿で、一匹の鼠も暴れなかった。海辺で花火が打上げられると、郵便局や消防署の向うの空に、きれいな花が開いた。赤ん坊は、はじめて乳母車に乗せられた。海岸にもよく連れてゆかれるようになった。そば屋さんにも連れてゆかれた。生まれて六ヵ月以後、女房のたべるもの、うどんやライスカレー、ポテトフライ、たくわん、のしいか、何でもたべた。ポテトフライをあてがわれて、波の打寄せる砂浜の漁船のかげに、母親が泳ぎあきるまで何時間もおとなしく横たわっていた。砂だらけになった握り飯もゆっくりとたべつくした。女房の留守の間に、木炭や、自分のうんこや、口紅もたべた。それでもおなかはこわしたことがない。留守に訪ねてきた文学青年（私にキリスト教病院を紹介してくれ、赤ん坊を授けてくれた若者）は、私たちが留守なので海岸へ出て一と泳ぎしたあと、泳ぎ終って砂浜にいた私たち夫婦の姿を発見した。彼自身も思いきり泳いだ喜びを、胸毛の濃い上半身に漲らせながら、まるで、かわうそかオットセイのように笑いながら、われわれに近づいてきた。

朝の散歩に赤ん坊を乳母車に乗せて、私一人が押して行くこともあった。おしめもなしに連れ出された赤ん坊は、散歩が終って我が家に戻ると、しゃあしゃあとおしっこをして「あらあら、おとうさんは何にも知らないから困りますね」といましめながら、産婆さんが赤ん坊を抱きとってくれた。

赤ん坊は泣きもしないで一人で寝ていた。どんな客が来て、どんな話にうち騒ごうとも、赤ん坊はまるで別世界に住んでいるようにして、おとなしく寝ていたらしい。女房は無論、赤ん坊を可愛がっていたにはちがいない。そのおかげで丈夫に育ったが、彼女自身は、酒の客も議論の客も大好きなので、客の帰るまでは、赤ん坊のことなど忘れているらしかった。

私の父親は、私の女房に面会したことがなかった。赤ん坊が生れたときいて、お祝いに二万円くれた。それは節約家の父にとって、かなりの大金だった。「お金を頂いたから貯金しておきました」と報告すると、父は不満気に沈黙していた。私の母は私の父の死後、片瀬の下宿先を訪れるようになった。父の死の悲しみを紛れさすために、次男の住む江の島海岸はもってこいであった。パチンコ屋、スマートボール屋、土産物屋、食堂、氷屋、射的屋、その他の建ちならんで、客を引き寄せる海岸までの一本道は、とくに母の気に入った。生れてはじめて遊戯場に入り、景品を手にした母は子供のように興奮していた。中国文学会の一人が早くから腰越（江の島電鉄の沿線）に住んでいた。彼の紹介で、別の研究会の仲間が、線路の踏切りに面した漁師の二階を借りた。そして、われわれ夫婦は、その二人の研究会同人の家族と仲よくつき合っていた。仲間の往来は激しく、家族の事情も互いによく分っていた。

産婆さんの二階には、色硝子のはまった窓のある便所がついていた。二階から階下の汲取口まで、土管をつないだ、つき抜けの便所は、赤ん坊が真逆さまに落ちはしないかと気づかわれた。いつか、仲間が集まったさい、散々にいじめつけられた仲間の一人が、進退きわまって便所に入り、泣いているのか、いつまで経っても出てこないことがあった。私は便所の臭気を除去するため「煙出(けむだ)し片脳油」をぶちまけたが、臭気はなかなか消えなかった。西陽があたると、コバルト、赤、黄の色硝子は美しく輝くが、それだけ温められた糞だめは臭気をたちのぼらせるのであった。遊びにきた女房の弟は「なんだあ、この匂いは。生まのうんこの匂いの方が、はるかになつかしいや」と嘆いた。赤ん坊が急にいなくなって（階下の産婆さんの家族がどこかへ連れていってくれたのだろうか）どこを探してもみつからないときは、私は二階から一階までの糞便の落下口に向って、あわてて大声で「花ちゃん、いるか」とどなって、はるか下の糞だめをみすかすのであった。

片瀬海岸の冬、春、夏、秋は、夫婦にとっては楽しい忙しい季節であったが、赤ん坊にとっては、どうだったか、知るよしもない。

神輿渡しの祭日には、女房は画家からモデル代としてもらった上等の支那服を身につけ、赤ん坊は小若(こわか)（子供の着る若衆の祭りばんてんで、一番小さくて安いぺらぺらの布で出来ていた）を着せられ、写真をとった。その赤ん坊の顔は、ひどい仏頂面で、亡き父の顔にそっくりだった。神輿をもみ歩く雑踏は、ものすさまじく、見物に来ていたアメリカ人も怖しがっていた。そのもみ合いの激しさも赤ん坊は女房におんぶして目撃したはずである。

海岸には、夏のはじめから終りまで、小さな観覧車がまわっていた。客が少なくなり、海が淋しくなってからも、女房は赤ん坊を乳母車に乗せて、毎晩、その人気のない遊戯場を見に行った。あまり、毎晩行くので、遊戯場のおじいさんと兄ちゃんは「タダで乗せてあげる」といった。誰も客のない遊戯機械に乗ると夜風はことのほか涼しかった。無料で乗ってはみたものの、高所恐怖症の女房は、ひたすら眼をつぶって、景色も何も眼に入らなかった。赤ん坊は怖がらないで膝の上で静かにしていた。女房は怖さのあまり、赤ん坊を空中に放り投げ出したい気持になった。ともかく赤ん坊は無事に生きつづけた。

われわれ夫婦が、目黒の寺へ戻ってからは、赤ん坊も寺の境内に住んでいた。父はすでに死亡していて、新住職が福島県会津若松からきていた。女房と新住職は、ほとんど同時に寺に入ったわけで、二人ともよそものだった。住職は、母をはじめ、もとから寺に住みついていた女中や弟子にも遠慮勝ちにした。女房は、まるっきり寺住みの生活には無知であった。しかし彼女はすぐさま環境に馴れて、それを克服したばかりか、突破しそうになった。「あたし、女学校のときに般若心経を覚えさせられたから大丈夫よ」と自信満々だった。習字がうまいのだといって塔婆の文字もさっさとひきうけた。キリスト教の塔婆（それを発明したのは彼女がはじめてだろう）には、てっぺんに十字架の形を墨で描いた。森永キャラメルの箱を手本にし、天使の像をその十字架の上にとまらせたのである。檀家の人々は、まるで寺に生れ育った娘のように自由自在にふるまっている彼女を眺め「あれ、お寺のお嬢さんですか」「あの方はいつのまにお寺にいらっしゃったのでしょう」と不思議がった。近所の貧しい家で人死にがあったとき、その家へ彼女は出かけて行き、数珠を手にして枕経をあげ、戒名まてつけてしまったのである。

住職は会津の寺に家族を置いて、かけもちをしていたので、留守のときが多かった。留守の間に葬式や法事があるときは、附近の寺から坊さんが手助けにきた。その若い坊さんは、精神異常が癒ったばかりで、ほかの寺には行きたがらなかったが、うちの寺だけは喜んでおつとめにきた。というのは、うちで相手をするのは女房、つまり、どんなへまをやっても、へまとは考えない女房がいるばかりで、神経衰弱の彼にとっては気安かったからである。

法事がはじまり、女房が白木の三宝の上にりんごを盛り、奥から本堂へ高々と運んでゆく。りんごは、ころころと落ちて遠くまでころがり、読経中の神経衰弱の坊さんは笑いだした。しかも、お供物は向きをさかさまにした三宝にのせられていた。赤ん坊（すでに幼児というべきか）は、広い寺院の境内に、安全に守られていたのだろうか。

寺には池があり、その池へ幼児は落ちた。赤いオーバーをきていて、それが水でふくれて、マンガに出てくるこっけい人物のようだった。会津からきている肥った女中さんは、彼女を熱愛した。「花ちゃん、花ちゃん、お利口だねえ。小人（こびと）のようだ」といって、両親の外出したあとでも、仲よく留守番をしていた。しかし、ある冬の晩、お餅を切っていた女中さんは、ついうっかりして幼児の指も切ってしまった。幼女の人指し指は、いまにも千切れそうになって、ようやくつけ根にぶら下っていた。外出先から帰った私たちの顔を見ると、女中さんも泣きだし、幼女はもっと大声で泣きだした。

私に抱かれて、山の手線に乗ったとき、幼女の指先が自動式ドアーにはさまれた。そばに立っていた学生が、あわてて固くしまったドアーをゆるめようとしてくれた。私は体をねじって、ドアーにはさまれた幼女の指をもぎ放そうとした。幼女がどんな

痛みを感じているかは、全くかまわずに都合の悪いことが起ったことに焦ら立ってい
た。次の駅で降りて、そのまま、私たちは映画見物をした。幼女の指がまるで風船チ
ューインガムのように紫色にふくれ上っていることに気がついたのは、映画館を出て
からであった。

幼女は私とちがい、花電車など見に行くことはできなかった。友人の奥さんが、自
分の着物を仕立直してくれた和服を着て、田舎の幼児のように着ぶくれていた。和服
の下にズボンをはいていることもあった。そして朝と夕、新住職が本堂に読経に行く
ときは、住職の坐るべき、本堂の真中の、赤や紫や緑の布で出来た大きな座ぶとん、
二枚か三枚重ねたその上に、きちんと坐っていた。住職の真似をして手を合せ、何ご
とかつぶやいていた。住職は脇の席に坐って、鉦（かね）を叩き、木魚を鳴らし、それでも幼
児が加勢にきてくれたので、やり甲斐がある様子だった。「おじいちゃんの坐る場所
に花ちゃんが坐っているから、おじいちゃんの生れかわりかな」と住職はいい、母も
その意見だけは賛成だった。

私は住職を父の弟子にゆずって、寺の二階で書きなれない小説らしきものを書いて
いたわけである。したがって女房は、小説家の妻であるはずであるが、寺の仕事をと

りしきることに全精力を傾注せねばならなかった。「お寺さんて面白い商売だなあ。お料理屋さんみたいなところもあるし。お寺屋さんだ。唱歌みたいにお経をよめばお金が入るし、その税金はタダみたいなんだからなあ」と、彼女は感嘆したように、また呆れ返ったようにいうことを常とした。

幽霊を怖がる女房は、長い廊下のどんづまりにある、床板のきしむ便所へ行くのがいやであった。幼女は幽霊など怖がらないから、いつも彼女と一緒に便所へついて行き、扉の外で待っていてくれた。しかし映画のお化けだけは怖いらしく、怪談映画（私の母は、ことのほか、それが好きだった）に連れて行かれると顔をかくして指の間から眺めたり、あまりの怖さに椅子の下にもぐりこんだりした。女中さんも同様に幽霊を怖がって、夜なべに台所で仏具をみがいているときなど、女房と顔を見合せながら、急に怖かった幽霊映画のことを思い出し、相手の顔に恐怖の色を認めると、キャッと叫んで腰を浮かすのであった。女中さんと幼女と三人だけで寺にいる夜など、女房は本堂はもちろん、部屋という部屋に全部灯りをつけ、ジャズのレコードを寝るまでかけていた。幼女の遊び友達が近所から来て、本堂へ上ったとたんに、本尊の阿弥陀仏をしげしげと見上げて、「これが、お化けのおかあさんなのね」といった。幼女と女房と女中さんは、お化けのもとに同居しているわけだった。私がお化けの話をして「オバ……」といいかけただけで、すぐ口を塞ごうとする。彼女たちは怨霊を怖がるほど悪事を働いたはずはなかった。しかし、宇宙の半分位を占めているらしい幽霊は、彼女たちが思い出したとたんに闇の中から出現するらしかった。

骨箱の整理をするのも、女房と女中さんの役目だった。十年以上も預っている骨箱や、受取人のない骨箱があり、骨箱の場所を変えて積みかえると、その下は妙に湿っていたり、ときには水がたまっていたりして、箱の中で白骨の破片の動く音がした。女中さんは「奥さま、これ……」といって逃げ出しそうになる。しかし幼女は骨箱と幽霊の関係など知るわけもないので、われた骨壺からこぼれでている白いものを眺めて「お砂糖！」と叫ぶばかりだった。

高井戸のアパートへ引越してからは、その種の恐怖は彼女たちを襲わないはずであった。その代り、幼女には通学という恐怖が待ちかまえていた。高井戸から三つめの駅の近くにR女学院があった。私は赤ん坊の誕生をたすけてくれたキリスト教徒の献身ぶりが気に入っていたので、教会の経営する小学校へ彼女を任せるのは大賛成だった。

幼女にとって、仏教の極楽とキリスト教の天国と、どちらがより親しいものだったろうか。どちらも彼女にとっては、迷惑なものだったにちがいない。

二ヵ月ほど幼稚園に通った後、わずかに自分の名前が書ける程度の状態で小学生の仲間入りした（その文字も寺の女中さんが教えてくれた）。同級生たちは、みんな、あらかじめ基礎知識を学習していて、みんな優秀だった。重いランドセルを背負って高井戸の駅まで歩き、それから次の次の次の駅でおりて小学校へと通わねばならぬ彼女が憂鬱でないはずはない。その沿線の風景を眺めながら、父はのんびりと散歩していたのである。

幼女は、途中の畠などで、ランドセルを背にしたまま、ゆっくりと、よくうんこをした。そのために電車に乗りおくれて遅刻した。

その畠のどこかに怪しげな自動車が乗りすてられていた。幼児誘拐の計画を実行した歯医者さんは、おびき寄せた男の子を殺したあげく、こも包みにした上で、その自家用車のトランクにいれたままにしておいたのである。その車を見物するために、私は畠地を横切って歩いて行った。それは何の気もない一台の小型車だった。陽がよくあたっていて、竹の葉が風にそよいでいた。あたりは静かで見物のおかみさんの声だけが響いていた。私は、その光景をぼんやりした散歩気分で眺めながら、もしかしたら、うちの幼女にもその危険が襲いかかるであろうなどとは、少しも感じなかった。

いりみだれた散歩

いた。
高井戸の公団住宅が抽選であたる前に、三軒茶屋のアパートが、くじ引きで当って

われわれは運がよくて、どんな抽選でも、一回で当選した。まだ中目黒の寺が定住地であったが、三軒茶屋の部屋は、仕事場として私だけが通った。中目黒から渋谷の大橋まではバス。のりかえた玉電の三宿の駅で降りると、次第に静かな住宅地が続く。お弁当のおかずを持参していないときは途中の小さな天ぷら屋で、天ぷらを買った。おじいさんとおばあさんのやっている天ぷら屋で「はいはい。今、揚げなおしてあげますからね」といって、並べた小魚の天ぷらを、もう一度ジュ－ッと煮えたった油の鍋にいれてから、とり出して新聞紙にくるんでくれた。小川に沿った道を折れ曲って、仕事場に着く。

六畳、四畳半の和室で、浴室はついていなかった。小さな炊事場はあったが、無DKであった。ほかの居住者よりも早く荷物を運びこんだ当日、共同階段に備え付けの

消火器をひっくり返したら、白い泡がふきだして、階段一面に流れおちた。いつまでたっても泡の流れはとまらなかったが、とめる方法は分らなかった。通りがかりの職人風の青年に「泡が出て流れていますが、どうしますか。弁償しましょうか」とたずねると、忙しい青年は「ま、いいでしょう」と、面倒くさそうにいった。

私はいつも一晩か、二晩泊って、寺へ帰った。その間に、女房は幼女を連れて遊びにきた。まだ居住者が多くない上に、小さな三棟のアパートは、ひっそりしていた。屋上に上っても人影はなく、私は幼女とボール投げをした。

玉電の三軒茶屋の停留所に出るには、古い家並みの低い、妙に暗い感じの細道を通りぬけねばならない。貸本屋があり、下駄の歯入れ屋があり、豆腐屋があり、コロッケや精進揚げを揚げながら売る、貧乏くさい惣菜屋などが並んでいた。とりの餌や野菜草花のタネを売る店、便利屋、鋸の目立て屋、どれも沈みこんだような小さな店が、今にも崩れおちそうに建っている。堂々たる看板をかかげた店など一軒もなく「××あります」「××入荷しました」「××おひきうけします」と、まずい文字で貼り紙がしてあった。

珍味軒とか、万来亭とか（今はすっかり忘れはててしまっているが）、まるで掘立小屋のような中華うまいもの店も、その細い通りのどこかにあった。まだ独身の中国人は、たった一人で働いていて、私たちと顔なじみになった。「あんた、日本人のお嫁さんをもらうのかね。それとも中国人？」ときくと、「日本の女」と答える。「どんな日本の女ですか？」とたずねると、女房の顔を見ながら「こんな人。これによく似た人」と、まじめな顔つきでいった。幼女はにんにくの匂いの強い焼きぎょうざが気に入って、酢をつけては一人前はすぐ平げてしまった。われわれは木須肉（卵とにらと木くらげを炒めたもの）をたべ、焼酎や五加皮酒を飲む。どの一皿も驚くほど安くて、安心して長時間、危なっかしい板の椅子に腰かけていることができた。

その細道をつきぬけると、三軒茶屋から坂をおりてくる商店街の大通りに出る。その角まで出ると、急に風通しがよくなったような気持がしたのだから、あの暗い細道が、妙に風当りのわるい場所だったにちがいない。電車通りへたどりつくまで長い坂があって、そこで、われわれは釜飯や、おしるこや、お雑煮をたべた。店に入る前から、なるべく安そうなところを選んでいたが、さして高価でもない品物でも、あの暗い細道の店に比べては、安くなかったように記憶している。

高井戸の公団住宅へ引越したさいには、すでに居住者が顔を揃えていた。新聞販売所の若い人たちが、何人も手伝って、四階まで荷物を運び上げてくれた。新聞配達員は、いずれも新しく新聞配達先を開拓するために、油断もスキもないのであった。牛乳屋も手伝いにきた。「十八番」という附近のラーメン屋から大盛りラーメンをとって、皆に御馳走した。しかし、配達員たちは、ほかの引越しの手伝いをするため、ゆっくりたべているひまなどなさそうだった。女房と幼女は、いつも、その「十八番」へ出かけては、テレビを眺めて楽しんでいた。深沢七郎君が、しばしばアパートにたずねてきて「あんなうまいラーメンは、ほかでは売っていませんよ」と述懐した。

高井戸へ移ってからは、散歩の場所が急速にひろがった。桜上水の方角には養老院があって、花見どきには、しばしば出かけた。養老院には内部の見えないコンクリート塀や、入院者の姿がすかして見える生け垣があった。正門前には売店があって、老人の買物もみることができた。われわれも、そこで食物を買った。構内はいつもひっそりしていたが、それでいて老人の衰えた熱気のようなものがこもっていた。付添婦がのんびりと、ふとんを干したり、ほうたいなどを洗っていた。タクシーがとまって、中から出てきた若夫婦に「養老院はどちらでしょうか」とたずねられたこともある。タクシーの中には、一人のおばあさんが怖そうにちぢかまっており、これから新しく入ってゆかねばならぬ運命的な場所を予想して、おびえている様子だった。

養老院の周辺はもとより、長い水道に沿って、桜の古木がどこまでも続いていた。太宰治さんの水死された、いわくつきの水道である。

まだ地面に埋められた肥え溜め桶が散在している畑地があって、とり残された野菜が、ねば土の上に散らばっていた。大きな肥え溜めは、落ちたら這い上れないくらい、排泄物がつまり、表面は乾いていても、中味は液状だった。落ちた中学生が這い上れないで死んだという話もあった。人気のない神社もあって、そこにも花吹雪が散っていた。

われわれは、水量の多い水道の、あおぐろい流れを見下しながら、見物するもののない頭上の桜の花びらを眺めて、ゆっくり、ゆっくり歩いて行った。流れの上には、短い橋がいくつもかかっていた。木製でない、コンクリート造りの橋の上で、様々な思いにとらわれながら休んだ。「太宰さんはどんな恰好で流れていったのだろうか。女の人は、多分、すでに意識を失いかけていた太宰さんの傍で、まだ、はっきりした意識のまま、どうやって死んでいったのだろうか」などと。

広い神社の境内は、いつも湿っていて、落葉の匂いがしていた。往きと違った道を通って高井戸駅まで戻る。ガードをくぐる手前に、小さなお菓子屋さんがあり、客が店内で腰を下すため、腰かけが置いてあった。われわれも、そこで餅菓子を買い、店の中でたべた。

ガード脇には、たんぼもあれば、小さな流れもあった。はっきりしないまま、放置された小川のへりには、危なっかしげに人家が並んでいた。高い駅のプラットホームを除いて、附近の家々が水浸しになったことがある。もともと、アパートそれ自身が埋立地に建っていて、地面を掘ると、地下足袋や、古靴や、下着の類などがあらわれた。何故、あの湿地帯が高井戸とよばれたのだろうか。

野菜市場もあって、われわれの通る時刻には、がらんと空いていた。秋祭りには、その市場の空地に、催しものの屋台がかかった。

荻窪の映画館に、たびたび出向いたのは、私が新聞の映画月評をひきうけたからである。したがって、小学校に通いはじめた幼女も、映画見物がクセになった。映画欄をうけもつ新聞記者の一人は「アパートをたずねて留守だったら、荻窪の大映か、東映か、松竹の映画館に行けばあえますな」と、事情通らしくいった。

荻窪まではバスで行く。バスは駅の南口に着き、映画街は北口にあった。南口から北口までは回り道をしたり、踏切りを渡ったりして、ひどく遠く思われるので、急いでいるときは、入場券を買って、駅の構内に入り、そして構外へ出た。そういうときには、日本映画を一つみて、映画館を出て、また隣りの映画館に入って、別の日本映画をみた。新しい監督や、人を驚かす新手法が、さかんに活用されだした頃で、日本の映画会社の区別もつかなかった私は、まず、どの映画には、どんな俳優が出てくるか、知ることが必要だった。「こんどの大菩薩峠には、すごいところがありますよ。あそこだけは驚くなあ」と、新聞社の人にそそのかされると、私はそれを目撃しないと映画月評は出来ないような気になるのであった。「いきなり、はじめっから、あっと驚く場面がありますよ。教えてあげましょうか。首吊りが最初っから出てくるんですが、それは一人ではなく、五人なんですよ」といわれてみに行くと、その江戸時代をとり扱った推理スリラー映画には、言葉通り、観客をあっといわせる趣向がこらしてあるのであった。

館内では、かならず三色アイスクリームを買うのであったが、それは土地の親分の手から廻されるものらしく、おそろしくまずかった。いつまでもメリケン粉の汁らしきものが、捨てたあとも、なめくじの如く流れていた。われわれ家族三人は、のしいかが好きであった。だから、よく乾いた、幅のひろいのしいかが手に入ると、皆、喜んでそれをたべた。しかし、そういう正直な、イカをのばしただけののしいかは、めったに手に入らなくて、いやな甘味のする加工品が塗りつけてあり、しかも、テープのように幅のせまいイカが小箱におしこまれていて、がっかりするのである。

映画館の隣りには、天ぷら屋があった。うなぎの寝床のように細長い店で、窓から外を眺めると、土管や便器のたぐいが置いてあった。細長く奥まった店の内部は、中に入ると思いのほかに広くて、天ぷら以外の品数は、おどろくほど多かった。めったにない御馳走なので、われわれ夫婦は、天ぷらが運ばれるのを待ちかねていた。幼女は多分、酢だこなど注文して、何もいわずに、ぴちゃぴちゃと舌の音をさせていたと覚えている。

散歩にでることは、めずらしい食物にありつけることであった。同じ荻窪の天沼に下宿していた頃には、下宿の二階で料理を作ることなど、ほとんどなかったので、駅まで歩かなければならなかった。新聞もとっていなかったので、あたりの風景は、ぼんやりしているようであるが、ニュースのおびただしさとは無関係に、妙にはっきりと迫ってきた。世の中は、新聞なしでも、われわれの周辺に実在していた。国内の大事件とは離れていて、事件と事件はつながらずに、ただ風に吹かれて、ひろがっていた。

駅のマーケット街は、まだ闇市だったので、車など入れない歩行者天国は、すれちがう人々が互いに遠慮しあうほど混みあっていた。さつま揚げ屋があり、魚屋があり、八百屋があり、とりの餌屋があり、古着屋があり、しかも、それらの店は、うすい板ばり一枚でつながっていた。一つの店をのぞきながら、ほかの店のありさまを眺めることも自由だった。老人夫婦だけが働いているうなぎ屋さんもあった。女房は、その店とはいえない店の中に坐って、八十円のうなぎ丼をたべることが、無上の幸福だった。のみこむようにして瞬間的にたべ終ったあと、まる一日ひと晩は上機嫌でいられた。

とりの餌屋では、耳に口を寄せてささやくと、あたりを警戒しながら、ブリキ箱のふたを開いて、闇米を売ってくれた。とりの餌屋に闇米がないときは、名刺の印刷屋にいって、ささやくと入手できた。油の煙のたちこめた、さつま揚げ屋さんは、買う人が手伝いたくなるようにいそがしかった。どんなさつま揚げを買うか。丸いのや、細長いのや、平べったいのや、卵の入ったのや、揚げたばかりのさつま揚げが、いかにもおいしそうに並べてあった。

高井戸のアパートに引越しをしてからは、いくらかマーケット街の混みあいから縁がうすくなって、アパートの居住人らしく、近所づきあいをして、おとなしくしていた。四階の部屋まで上って行く間、一階から三階までの住人にあえば、あいさつもしなければならなかった。アパートの各棟の壁には番号が書いてあって、はじめて団地に入ってくる人にも分るようになっていた。それでも私の部屋にきた新聞記者は、ぐるぐると車をのりまわして、団地の外へ出られなかった。

一棟に三本の階段があり、各階段の両側に、八つずつ部屋があった。通勤している旦那さんばかりらしく、男の姿は、あまりお目にかからなかった。エレベーターなど、もちろんなくて、四階まで上るのだったから、今の私にはとても難しい仕事だった。

私の向いの部屋には、原子物理学者がいて、どこかの官庁の研究所に通っていた。おとなしい、ひかえめな旦那さんは、ほとんど無言で暮していた。私の下の部屋には役人がいて、ときどき謡（うたい）の声が聞えた。尺八もやっていた。赤い頬をした幼女は、私の娘よりも年下で、一度映画館に連れていってやると、しまいには泣き顔になって「早くおうちへ帰りたい」と訴えた。役人の奥さんは、やはり赤い顔をした人で、よく新聞や雑誌を切りぬいて、私に関する、どんな小さい記事でも届けてくれた。どうして、そんなに沢山の記事を見逃すことなく切りぬいてくるのか、私には分らなかった。

二階には、満州帰りの夫婦が住んでいた。そこの奥さんは、よく気のつく世話役だった。引越しした翌日、私の幼女が真っ裸で遊んでいると、ドアーを開けてあいさつにきた彼女は「あらあら、裸でいちゃあいけません。何か着せて頂きなさい」と注意した。

一番下には、貿易会社につとめるキリスト教徒が住んでいた。旦那さんも奥さんも、可愛らしい顔をしていた。旦那さんの方は、関西のキリスト教の名門の出だったが、教会は、あまり行かないで、しばしばアメリカに行っていた。奥さんの方も、関西の豪族らしく、おっとりとしていて、子供はなかった。「マルチェロ・マストロヤンニに似ている」と、女房は旦那さんを批評した。

女房は奥さんと親しくなった。旦那さんのアメリカ出張中、或る夜、女房は奥さんをたずねた。冬だったので、ガスストーブが燃えていた。いい気持で、お菓子などたべて話しあっていた。そのうちに、十時になり、十一時になった。その柱時計の針の進み方は、奇妙に早くなった。「十時だ。もう帰らなくちゃ」と思いながら、再び時計をみると、時計の針は、いきなり十一時になっていた。時計から眼をそらせて、すぐもう一度みると、十二時になっている。頭のはたらきも、ふだんとはちがってきた。女房は、とめどもなく奥さんにお世辞をいいはじめ「なぜ、あたしは、こんなにお世辞をいうのかしら。あたしはお世辞がうまいんだなあ。あれ、また、いってる」と、自分でふしぎに思った。二人とも、もうろうとなっていたらしいが、ねむくはならなかった。ガス中毒のことは、少しも気がつかなかった。

玄関のドアーを開けて、外気にふれたとたんに、女房の心臓も頭脳も破れんばかりの激痛を感じ、そのまま倒れた。どうやっても足がたたないので、芋虫のように這いずって四階まで上った。深夜なので誰にもあわなかった。奥さんがどうなったか、それも考えられなかった。それでも、まだ、ガスにあたったとは知らなかった。うちのドアーをやっと開けて、這いずりこんだ。ゲエゲエと、いつまでも嘔吐が続いた。私が「ガスにあたったかな」と話しても、はっきりしたことは分らなかった。翌朝も、まっさおな顔をして、じっと寝ていた。頭は痛いし、食物はのどに通らなかった。

夕方になっても、ふらふらの女房は、恐る恐る、奥さんの部屋のブザーを押した。

なかなか出てこないので「もしかしたら、死んでいるのかしら」と思った。やがて、蚊のなくような、かすかな声が聞えた。あらわれた奥さんは、ガウンを着て幽霊のようにみえた。彼女も女房を送りだして、隣りの寝室に入り、ちがった空気をすいこむと、激しいショックをうけて倒れたのだった。二人とも極度に気分がわるいので、お互いに生きていることだけ、たしかめあって、ほかのことなど話すゆとりはなかった。

このようにして、人間は、自分の身に迫った危険を、危険と知らない間に、意識不明になってしまうことがあるらしい。当人たちが、よく理解できないのだから、他人が、とやかく想像したって、もはや、そのときには、コトは済んでしまっているのだ。

川端康成氏は、ガス自殺を選んだ。もしかしたら、その方法は正しかったのかもしれない。女二人は、死んで行くことを知らないまま、死んでしまう、その寸前におちいったからだ。

ノーベル賞作家、川端康成氏は、密閉したアパートの一室にガスを充満させ、目的をとげられた。「末期の眼」を書いた氏の最後は、まさしく、その「眼」によって見守られていた。おそらくは、ちがった死に方をして、一世を驚倒させた三島由紀夫氏の、あの世の声が、氏によびかけていたのかもしれない。

三島氏の葬儀の日、外部が少し騒がしくなると、司会者をひきうけた川端氏は「もし、騒ぎが起るようだったら、葬儀は直ちに中止しますから」と、参会者に注意した。「亡くなった三島由紀夫氏のことのほかに、残された遺族の方たちのことも考えねばなりません」

三島氏は、自殺する一ヵ月ほど前「おれ、この頃、川端さんのニヒリズムがいやになったよ」と、ニヒリスティックにつぶやいた。三島さんの死は、ニヒリズムの結果ではなく、川端さんの死は、ニヒリズムの証明であったか、どうか。それをたしかめようとする気持は、私にはない。

女二人が、ガスのおかげでひどいめにあった部屋の前には、一番若い夫婦が住んでいた。団地の中で野球をしていた子供たちのボールが、耳にあたって負傷した。「痛いわよ。頭も痛いわよ」と、何回もその被害のひどさを話したが、団地の仲間の奥さんは、誰も気にとめなかった。最初にパン工場の臭気に気がついたのは、その奥さんだった。「つわりかなんかで、その気持わるさとまじっているんじゃないの」と、ほかの奥さんは反対していた。

アパートの裏側（実は、大通りに面しているのだが）に建ったパン工場は、すばらしく大きかった。はじめのうち、団地の奥さん方は、「あら、近くていいわね。アルバイトに雇ってくれるかもしれない」と話しあっていた。工場は本建築だが、そのほかにバラック風の建物を建てた。団地の生け垣に、ぴったりと密接し、しかも小さな煙突もたち、ほとんど団地の裏側全部を占めるようになった。

朝の早い私は、パン釜をあけしめする鉄ぶたの、すさまじい音も聞いていたし、通ってくる製パン労働者たちが、体操や剣道をする姿も知っていた。そのうち、パンを焼く匂いが濃厚であることに気がつきはじめた。はじめは、いい匂いだと思っていた。しかし、多量のパンは、店で買う一斤のパンとは異なって、ある特別の食物の圧倒的な匂いを持っていることが分った。あんこを煮るときは(その量のほどは確定できないが)格別だった。その匂いはバラック建ての煙突からしてきた。あんぱんのほかに、お彼岸や節句のときは、おはぎや柏餅も作るらしかった。「さっき見てたらば、若い職工さんが、あのバラック建てから出てきて、こちら向きに垣根におしっこをしてたわよ。そのまま、また小屋に入っていったから、あの手を洗わないで、おはぎを作っているんじゃないかしら」と、気にするようになっていた。「あの奥さんのいってたことは本当なんだわ。つわりのせいなんかじゃなかったのよ。みんなパン工場のせいだったのね」

パン工場の成績は、ますます好調で、ますます建物は多くなり、ますます、そこの音響や臭気は、団地の人々を困らせた。団地の代表が文句をつけに行った。工場からは、焼きたての食パン三斤が一本になっているやつを、二本ずつ、各棟の各部屋に届けてきた。焼きたてなので、食パンの四角い形は、しばらくたつとぐんにゃりして、三角形のようになった。いく日かたって、また届いた。少数の家族では、たべきれないので、ひそかにダストシュートに捨てるようになった。ダストシュートがパンで一杯になると、焼却炉へ捨てにいった。焼却炉の中には、次第に食パンが焼ききれずにくすぶって、生のまま、つまっていった。

「夜おそく焼却炉の釜のふたを開けるのが、おっかないっ何だか、人間の死がいがつまっているようで」

食パンの死がいが始末しきれないうちに、今度はぶどうパンが届けられた。私は、いよいよ、このアパートともお別れだな、と感じた。

団地の外へ出て、細い道を通り、食料品など買いに行く。その四ッ角が危険だった。歩行者にとっても、運転手にとっても、見通しが、まるできかないのである。新聞社の部長の男の子が、母親に命令されて、いそいそと買物に行った。そして、トラックと電柱の間ですりつぶされて死んだ。それからは、団地の主婦たちは、子供を一人で買物に行かせることに恐怖を感じた。

その新聞社の部長を、私は知っていた。或る夜、彼は荻窪の飲み屋に私を連れて行った。そこには他社の若い新聞記者も来ていた。私は亡くなった彼の子供に関しては、一言もふれなかった。彼の口からも、亡き子供の話は一言も出なかった。彼の苦しんでいることは、よく分っていた。そのうち、若い新聞記者が、元気よく電話をかけはじめた。その若者は、とめどもなく電話に向ってしゃべりつづけた。彼は黙って、すぐそばで、それを聞いていた。「昔は新聞社のものは、そんな口のきき方をしなかった」といいながら、彼は相手のもっている受話器をガチャリとかけた。青年記者は怒って彼につめよった。彼は黙って酒を飲んでいた。彼が、つい最近、子供を失った、しかも、ひき殺されたということを、若い記者は知らないのだった。黙りこくっている彼の背後で、いつまでも若者はののしりつづけていた。その店のマダムが事情を知っていたかどうかは、分らない。ゆきつけの店らしく、マダムは自家用車でアパートまで、われわれを送ってくれた。彼は、ひどく酔っていた。彼の住む棟の階段も、ようやくにして上れた。彼の部屋まで、私もよろめきながら送って行った。ドアーをあけた彼の奥さんが「すみません。わざわざ送ってきて下さって」と、あいさつした。それは、泥酔した夫を心でうけとめている、健気な妻の態度だった。

　私は彼の棟の階段を下り、自分の棟の階段を上り、自分の部屋のドアーをあけた。しかし、そこは階段をまちがえたので、見も知らぬ部屋であった。そこの部屋の奥さんは、ふしぎそうに私を眺めていたが、別におどろいたり、怪しんだりはしなかった。

　私と同じ棟には、アメリカ人も住んでいた。もとは、田園調布のあたりに一家を構えていた、老人であった。日本人の若い妻は、彼の秘書だった。外国人は、公団アパートには応募出来ない仕組なのに、妻の名義でようやく入ることが出来た。それ故、彼は申しわけなさそうに、いつも気を配っていなければならなかった。大きなコリー種の犬を飼っていて、それも規則違反なので、朝早くか、夜おそく、散歩につれだしては、あわてて犬をかくすのだった。商売が失敗して、経済を縮小するために、あまり見栄えのしない、小さな部屋を買い入れたにちがいない。アメリカ人の軍属が（軍人としては年をとりすぎていた）除隊して、そのまま商売をはじめたらしく、うちの幼女にも、プラスチックのクラリネットや、ブリキでできた木琴のようなものをくれたりしたから、輸出用か輸入用の玩具を手がけていたらしい。

私は貧乏なアメリカ人を見るのは、はじめてだった。駅まで歩いて行くにも、重い足をひきずって大儀そうであった。私が幼女とバドミントンのラケットを握っていたときに「やりませんか」と誘うと「とんでもない」という風に手をふった。「どうしてカードさんはアメリカへ帰らないのだろうか。あんな風に日本に住んでいたって、いいこともなさそうだけれど」と、女房と話しあった。

クリスマスのお祝いに、私たち夫婦がよばれた。大がらな彼自身と、大きな犬の図体と、生れたばかりの赤ん坊（もちろん、日米混血児だった）と、奥さんと、その母親とで、部屋は一杯になっているようにみえた。アメリカ風の食事が、ともかく出てきた。しかし、それは、とてもアメリカ風のふんいきとはいわれないものだった。メキシコ戦争（それが、いつ頃のことだか、われわれには判断がつかなかったが）にも出征し、そのほか、ヨーロッパ各地をもわたり歩いたらしかった。

「日本人は、もっと肉を食べなければいけません。高井戸の肉屋さんは、紫色のスタンプを押した牛肉を売っていて、あまりよくありません」と、奥さんの通訳でいった。「豆腐は味がなくて、無意味である。じゃがいもは主食としてたべるものなのに、じゃがいもを、おかずにして、ごはんをたべるのは理解できません」

日本各地も歩いているらしく、北海道の鮭のすじこが、いかにおいしかったか、手ぶりをして説明した。「すじこをびんに入れて、お酒とお醬油をそそいで、少したってから、たべます。おお、その味の何とすばらしかったことよ」と、その安価だったことを、大げさに述懐した。

エマちゃんとよぶ彼の赤ん坊は、アパートの人気者だった。その混血幼女の遊びたわむれる姿を、女房は八ミリカメラで撮影した。エマちゃんは日本の男の子よりも動作が活発で、かつ、表情がはっきりしていた。「やはり外国人の子はちがいますねえ」と、同居している日本人妻のおかあさんはいった。とても子種には恵まれそうもない老人になってからの子供だけに、よけい可愛いのだと察せられた。「今に、きっと混血ばやりのテレビに出て、タレントになれるかもしれない」と、噂しあった。しかし、エマちゃんは心臓が弱かった。そして、私たちが高井戸のアパートから、赤坂のアパートへ引越してから間もなく、エマちゃんは心臓手術の甲斐もなく死んだ。

アメリカ老人は、エマちゃんの死後、まるでエマちゃんが生きていたときと同じように、エマちゃん用の椅子に、エマちゃんにそっくりの人形を腰かけさせていた。そして、エマちゃんの絵、実は、人形の絵を描いていた。八ミリのフィルムは、女房が届けた。おそらく、エマちゃんの思い出を胸にえがきつづけて、その祖国を離れた外国人は死んだことだろう。安保騒動のときに、奥さんには無断で、ゆかた姿で、突然、私の部屋にきた彼は「どうして日本人は、日本政府の首相である岸さんに反対するのか。岸さんこそ、サムライである」と、心外にたえぬように語った。日本製玩具の、アメリカへの輸出がとまることを、何より恐れていた上の発言であったろうか。

彼の絵は、童話風の風景画で、家屋や花などが、ていねいに描きこまれていた。彼は一枚の絵を、なるべく時間をかけて描きあげたが、それは経費を節約して、楽しみを永続させる手段だったかもしれない。アンリ・ルソオの絵に似ていて、その香気と空想力のない素人芸だった。私から色紙をもらうと、交換に英語を墨文字で書いてくれた。自分のはじめて書いた色紙が、私の手もとにあるかどうか、心配らしく「まだ、ありますか」とたずね、私が出して見せると、安心したような顔つきをしていた。アメリカ老人と一緒に、その日本人妻も色紙を書いてくれたが、それには「よき隣人に恵まれし幸せ」と記してあった。

八ミリカメラを買ったのは、共同出資者がいたからである。「ちょっと、相談があるんだがなあ」と、私は女房にいった。私のいい方が、あまりにも真剣そうだったので、女房は、もしかしたら離婚話の相談かな、と、びっくりした。「実は、さっきS君のところで、八ミリカメラを買って、すばらしい八ミリ映画を作ろうと、相談がまとまったのだ。二人とも外国映画をよくみているし、映画評論もよくやっている。S君は外国語が達者で、外国の映画評論家の著書も翻訳している。もう、ぼくらの映画会社の名前もきめてきた。S君の友だちのA君の弟さんから買えば、映写機もカメラも二割引きで買えるんだぜ」

女房は、その計画には反対だった。「そうだな。それじゃあ、百合子をその会社の社長にしてやろう。そんなら、いいだろう」と名案を出すと、社長になりたかった女房は、すぐ承知した。

カメラを買ったあとでも、私は、ほとんど手にとらなかった。シャーッと音をたてて、フィルムが回りだし、もしも、とめなければ、いつまでも回っている。その瞬間にフィルムに撮影された光景が、つまるところ、私の手にしたカメラ機械の働きの結果である。しかも、その機械は手のふるえる私自身にとっては、実に危険な代物(しろもの)であった。S君は「いいよ。いいよ。君が撮ってからでいいよ」と、遠慮したが「ともかく、君の方がたしかだよ」と、S君におしつけてしまった。

共同所有の八ミリを抱えて、S君は私を呼びだしにくる。「まず、アパートを出るところから。いや、階段を下りてくるところからはじめるかな」と、彼は忙しそうに駈けだして行く。われわれ夫婦は、適当の距離をおいたカメラの前を、天皇、皇后両陛下のように、しずしずと歩いて行く。「いや、待って下さい。少しアングルがわるいから。もう少し先へ歩いてから、ゆっくりやろう」と、くたびれたようにS君はいった。

しばらく歩いて行くと、フィルムが終りになった。S君は、いそいで灌木の茂みをがさがさとかきわけて、もぐりこみ、フィルムをとりかえた。フィルムを無駄にするのを、極度に恐れていたからであった。「朝の光線が一番いいんだけど。蓼科に行ったとき、みんなで散歩する光景をうつしたが、やはり斜めの光線の下でとると、鮮やかに、きれいにとれるね」と、説明した。光線が斜めであろうが、逆であろうが、カメラを持てば、手がふるえて画面がブレてしまう私は、S君の手腕に任せるよりほかはない。

フランス映画の監督たちの、ヌーベルバーグ（新しい波）が日本に紹介され、ハンガリーやポーランドの作品が、次々と輸入され、ショックを与えていた。日本でも有望な新人監督が、斬新な仕事をはじめていた。S君も私も十分すぎるほど、彼らの仕事を理解しているつもりだった。だが、私にとっては、八ミリカメラそのものがショックだった。自分たちの製品をテレビ会社に売りこむため「会社」に出資したつもりであるが、いっこうに作品は完成しなかった。

附近に住む大学教授や小説家が、みずから進んで八ミリカメラの活用に参加した。井之頭公園へみんなで花見に行ったとき、大学教授はカメラをかまえて、さかんに活躍し、凹地にまで身をひそめ、顔を地面にこすりつけるようにして撮影した。小説家の撮影したフィルムには、吉祥寺の友人宅が出水で困ったさい、その洪水風景がうつされていたが、それにダブッて、飛行機に乗りこんだ私の姿がうつっていた。のろのろしたダンスの場面も、さかんにものをたべている私の姿と二重写しになっていた。

S君の家で、蓼科の友人たちを集めて「蓼科の会」兼八ミリ大会をやった。要するに、何とか集まって酒を飲む会である。テープだったか、レコードだったか、とにかくS君の選んだ西洋音楽が、かなでられはじめると、画面には日本の友人の歩く姿が、さまざまの角度から写しだされた。人物たちは、いずれも困ったように、頼りなげに、たべたり歩いたりしていた。S君の奥さんは、八ミリには反対らしかった。私はまだ蓼科には行ったことがなかった。それ故、蓼科高原を散歩する楽しみの仲間入りもしていなかった。蓼科大王と称した梅崎春生氏は、ぼんやりした表情で、つまらなそうに、その映写会の席に坐っていた。

梅崎氏にさそわれて、われわれ一家が蓼科で、一と夏を過す頃には、もはや、八ミリカメラのことなど思い出すこともなかった。S君は、ちょうどヨーロッパ旅行に出かけて、日本にはいなかった。梅崎氏は、あらかじめ、奔走して、やっとわれわれ一家のために独立家屋を見つけておいてくれた。赤松のたちならぶ庭をもった貸別荘であったが、表がわは、細道に面していて、別荘客の往来がはげしかった。人をみれば、よく吠えるポメラニアン種の犬を連れていったので、どこへつないでよいか、苦心した。家族以外のものには、絶対に馴れ親しまず、まるで火のついたように吠えたてるのである。

食料品を背負い籠に入れたお百姓さんが、日に四、五回も売りこみにきた。大福やおはぎ、のりまき、おいなりさん、豆もちもあった。梅崎氏が紹介してくれて、私の方へまわしてくれた茅野のうなぎ屋さんは、高かったので、うちでは買わなかった。

「おたくでは、東京では、うなぎが大好物だと梅崎先生からきいて伺ったのですが」と、うなぎ屋さんは、ふしぎがっていた。

梅崎氏は、自分の子供二人ばかりでなく、うちの子供の面倒もよくみてくれた。何の遊び道具も持たず、おとなしくしている、うちの子供をみて「ひどいなあ。ここのうちじゃあ、子供をほったらかしにしておいて」といい、うちの娘（当時、小学五年生）が、ボール紙に線をひいて碁盤をつくり、ボール紙を丸く切りぬいて、それを黒石白石に塗って、碁石を作って遊んでいるのを、みるにみかねて、下の店で兵隊将棋を買ってきてくれた。

女房は、子供を連れて温泉プールに行き、水泳を教えた。梅崎氏の子供さんも泳ぎにきた。「もう少し遊んでいたい」と、うちの子供がいったので、その間に茅野まで買物に行くつもりで、女房はS君の奥さんと梅崎氏の奥さんを同乗させて、山を下りた。「帰ってくるまで、ここを動くんじゃあ、ありませんよ。動くと場所が分らなくなるから」と、子供にいいおいて走り去った。そこは、バスや自家用車の通行のはげしい道路から、少しひっこんだ安全な場所であったが、車のあげる土煙をまともにうける場所だった。女房は茅野の町がめずらしく、色々と見物や買物をして、なかなか戻らない。うちの子供は、命令されたとおり、一歩も約束の場所を動かなかった。盛夏の陽はかんかんと照りつけた。子供の顔は土ほこりを浴びて黄色い猿のようになった。

「うちへ帰って待っていなさい。連れていってあげるから」と、梅崎氏の子供さんたちにすすめられても、「ここに待っている」と動かなかった。夕方になってから、女房の車が戻ってくると、子供は相変らず、指図通り、黄粉(きなこ)にまぶされたようにして、ぽつんと立っていた。母親は多分、自分の与えた命令を忘れはてて、古道具屋や、小川の橋や、古い町並みなどに気をとられていたのだろう。

梅崎氏の男の子は「あんなひどい親はない。花ちゃんがかわいそうだ」と、涙を浮べて梅崎氏に訴えた。夢中になると、時間の観念がなくなるのが、女房の唯一の悪い癖である。

鬼姫の散歩

運動会。

父兄として、娘のウンドウカイに参加するようになろうとは。しかも、キリスト教の女ばかりのR女学院の晴れやかなスポーツデイに。

そのころ、女房の状態は、どのようになっていただろうか。

吉祥寺に住む大学教授の自宅。そこに、吉祥寺に住む小説家とわれわれ夫婦と幼女が招待された。遅れてきた女房は、早く皆に負けないように酔払わなければならぬと覚悟していた。

大学教授は、秘蔵のレコードを、次から次へていねいに引き出しては、われわれに聞かせていた。グレゴリイ聖歌にはじまって、イタリア・オペラにさしかかっていた。教授夫人が「ワグナーは、どうもねえ。うるさくて、頭が痛くなるみたいで、あれはやめにした方がいいわよ」と、注意したので、教授は「ほら、これが愛のテーマ。今度は、死のテーマですから、よく聞いて」と、オペラ「カルメン」の聞きどころを、自分が指揮するように、両手を微妙に働かせて説明した。私は、優等生が先生のいうことを聞くように、まじめにかしこまっていた。女房は、あらぬ方を眺めて、舌なめずりするばかりだった。

そのうち、彼女の動作はとめどなくなってきた。大学教授は、クラシックのレコードを、あわててケースにしまった。女房が高価な電蓄に近よらないように、それとなく身がまえた。音楽喫茶店につとめて、うんざりするほどクラシックをきかされたことのある女房は、荘厳な音楽がなりひびくと、らっきょ臭いような、世帯じみたような、いやな気分になるのであった。彼女は、椅子からずり落ちて、すでに畳の上に脚を投げだしていた。小説家と大学教授がなだめるようにして、両側から酒をつぐと、彼女は、どちらへともなく首をふって「サービスがいいね。そんなにしてくれなくてもよろしい」といった。すでに、上半身がゆれだしていた。「インテリだからな。このうちは、インテリだ。インテリは、やだねえ」と吐きだすようにいった。両脚と両腕は自由に曲ったり、のびたりしていた。二人の友人は酔いがさめたような顔で、ゆれはじめたら止まらない、危険な中心点を見守っていた。

倒れ伏した彼女の様子が変なので「注射をうつかな。待っていなさい」と、大学教授はたちあがった。「注射ねえ。うまく効いてくれればいいが」と、小説家はかがみこんで、彼女の体をたすけ起こすようにした。「いや、何でもないんだ。ほんの、気つけ薬の注射だよ」と、教授は専門家らしく、女房の腕を握った。毎度のことなので、私は少しも手伝わなかった。「また、はじめやがった。たすけてなんかやるもんか」と、そっぽを向くようにしていた。

意識不明と思われていた彼女は、いきなり起き上ると「やい、親切ぶるない」と、はっきりいった。それからまた、意識不明になる。また、異常なまでに意識明確になり、悪口を吐きつづけた。「しょうがないなあ。こうなったら寝かせておくより仕方があるまい」「そうだ。今晩は、ここにとめておいた方が無事だな」と、男たち二人の相談がきまって、いつのまにか、われわれ三人は教授宅に泊っていた。女房は無意識のまま、吐きつづけ、それから座ぶとんの上に、おしっこをした。

「あらあら、大へんですこと」と、奥さんがびっくりして、自分の下着をとりだして、女房のぬれたパンツをぬがせ、別のパンツをはかせてくれた。

幼女は、その間、自分のたべられるものだけをたべて、静かにしていたらしい。あるいは、教授の二人の男の子と遊んでいたのかもしれない。忘れられた幼女は「おかあさんて、いやだなあ。明日は運動会なのに」と、さんたんたる気分になっていただろう。

翌日が運動会である。子供を先に運動会場に行かせ、やっとのことで作った弁当を持って遅れて出かけた彼女は、右を向いても、左を向いても、顔を動かすだけで吐き気がした。まちがって地面の上に出てきて、陽に照らされてしまったもぐらのように、じいっと眼をつぶって弁当を抱え、陽なたの芝生に坐っていた。ということは、運動会を楽しんでいる、ほかの奥さんたちと、ろくに会話が出来なかったことである。

彼女は、酒豪でもアル中でもなかった。もしかしたら、お酒が好きではなかったかもしれない。ただ、終戦後、空腹のため、焼酎をコップでのむことを覚えたのである。

R酒房につとめていて、夕方になると空腹に耐えきれなくなる。立っていると脚がふるえてくる。そこで、客用の焼酎をキューッとのむと、満腹したような気分になる。勇気りんりんとして、眼が輝きだす。バクダンものんだし、眼ピリものんだ。（爆発するように酔いがまわり、口を近づけただけで、両眼がピリピリする。これをのんで失明するものもあった。）

税金を払わずに営業をしていたその酒房では、税務署員が鞄を抱えて督促にくると、まず主人が裏口から逃げだし、つづいて、バアテンも逃げだし、彼女も逃げだす。そのうしろから税務署員が追いかける。ゴミのバケツをひっくり返して、探偵劇さながらに、皆は隠れたり、おびえたりして、ぐるぐるまわりをする。

もとは、画家たちのパトロンもやったことのある主人は、店の壁を有名な画家の作品で飾っていた。税務署の差押えの眼を逃れるために、それらの名画は、彼女の名義になっていた。名画に興味などない彼女は、ピカソをピカリとよみまちがって「ピカリという人の画はへんねえ」などとしゃべって、平気でいた。

もしも、空腹というものがなかったら、私たちは結婚しなかったかもしれない。空腹でなければ酒をのまないし、酒をのまなければ、私たちの行動は、さほど自由自在ではなかったであろう。私自身も、大鍋の中にぐつぐつ煮えたぎっているモツを一皿たべて、一杯か二杯、焼酎をのめば、何も恐ろしいことはなかった。たまには、彼女を連れだして、すし屋でおからに貝の肉をのせたすしをたべ、外食券食堂で、名前の分らない大魚のぶつ切りをたべ、彼女に特別サービスするときは、トンカツ屋に入った。

無料で与えられれば、いくらでも酒をのみつづける彼女は「うわばみ」とも「正覚坊」ともよばれた。

R酒房から、ひきぬかれてS酒房へ移ったのは、何のお世辞もいわず、ただ黙って坐ってのんでいるだけで、客の酒代をふやす技量を買われてであった。（この原稿は、当の彼女が筆記しているくらいだから、プライバシー問題は発生しないと思う。）

夜更け、店がひけたあと、酔払った彼女が、焼跡の空地のごみ箱の上にのって動こうとしなかったことがある。「君が、あんまり変なことをいうからいけないよ」と、友人が私の非人情をなじった。彼女は、あくまでごみ箱を陣地として頑張り、そこから降りようとしなかった。怨恨を噴き出し、髪の毛まで逆立ったようで、テレビ漫画に出てくる「鬼姫」そっくりだった。白土三平の「サスケ」に活躍する眼玉の大きい少女は、あくまでも執念深くサスケをつけまわし、その命をとろうとする。サルトビ一族の敵対者たる九鬼一族の生き残りである。気の強いこと無類であり、忍術もすばらしくうまい。絶対に反省はしない。闇笛を吹き、毒蛇を招きよせ、いたるところに火薬を仕掛け、手裏剣を乱射し、失敗すると、あっと驚くほど、ものすごい顔つきをする。

しがみつくようにごみ箱の上にのり、何やら罵りわめいている彼女をひきずりおろし、私は、深夜の神田街を歩いて行く。彼女の髪は黒く長く垂れていたので、私は、その髪をひっつかんで歩いたような記憶がある。(私が、ひっぱってと口述すると、彼女は、ひっつかんだのだ、といって訂正した。)

進駐軍専用のキャバレーの前だけ、明るい光りがさしていた。ボーイさんが夜風に吹かれて、店の前に立っていた。歩道につきでた入口まで敷きつめられた赤いじゅうたんの上に、私は出来るだけ大きな声をあげて、げろを吐いた。げろがあまりにも多量であり、かつスピーディーであったので、ボーイさんは驚いて、とがめだてするひまもなかった。

現在、かなしむべきか、喜ぶべきか、私は鬼姫なしでは暮してゆけなくなった。

運動会。上海の集中地区でも、戦争中つとめていた日本出版会でも、運動会があった。出版会の運動会では、いつも運動をしない職員が急に走って脚がガクガクし、ばったり倒れたりした。私の附属する海外課では、支那課の相棒が支那服を着て見物にきて、支那浪人らしく、おうように見まわしながら「やっちょるのお」と、口ひげの顔をにやにやさせていた。彼は大人(たいじん)ぶって海外課のフランス語やドイツ語の若い者を連れだし、一同に蜜豆をおごってくれた。口ひげの色の黒い大男が蜜豆をたべる光景は、近衛首相が、とまどって、ふざけているようであった。そのころ、私はまだ酒を好まなかった。よく考えてみると、私は出版会の職員として、戦後のR酒房のすぐ近く、一メートルと離れていないところにつとめていたわけである。

また話がとんでR酒房のことになる。（何しろ、脳血栓のため、突然、ぼんやりしたり、はっきりしたりするのであるから。）

戦後、兄の家をとびだして、彼女は、闇の行商などをやっていた。禁制のチョコレートや菓子をR酒房に卸して、代金をもらうと、すぐさま、その場で客となって酒をのむ癖がついた。R酒房には、そうやって客として闇でかせいだ金を使いにきているうちに、いつのまにか二階に住みついて働くようになった。酒房では、闇のカストリ焼酎を仕入れ、ひそかに売っていたので、文人諸君が通いはじめた。焼酎が売り切れると、彼女はアイスクリーム製造機（桶のような形）を抱えて、朝鮮人の密造所へ仕入れに走った。いつも店には、茶色の二合びんが二本一組に並べてあり、一方には焼酎、一方には水が入れてあった。客のテーブルには二本一組で出し、おまわりさんが調べに入ってくると、酒の方のびんをかくし、水の方だけテーブルの上に出しておいた。酒の方のびんには暗号でK（カストリの略）と書いてあったが、酔っ払ってくると、よく間違えた。客の一人が泥酔して、交番のあたりで這いまわり「いま、Rでカストリのんできた。いい気持だなあ」と叫んだため、それを聞いたおまわりさんが、あわてて叱りにきたこともあった。

酒房の二階に私が寝泊りすることになったのは、いつ頃だったろうか。「いつづけ」という言葉は、いかにも明治大正の遊び人風の感じがあるが、私には全くそのような風流心はなかった。第一、Rの二階は「いつづけ」とよぶには、あまりにも埃りくさく、殺風景であった。私が素っ裸のまま、じゅうたんや破れぶとんの間から這いだして、階段の降り口に立っていると「何だ、お前は。浮浪者のような奴が出てきたぞ」と、客の一人が腹立たしげにいった。

今をときめく流行作家、遠藤周作氏も常連の一人だった。慶応在学中だったか、それとも卒業ほやほやだったか。先輩に連れられて、よく顔をみせた。いつか、私が客の一人の機嫌を損ねて、容易ならざる形勢になったことがあった。すると遠藤君は「こら、何をするか」と、立ち上った。彼は背は高いが、あまり体力がありそうではなかった。「こら」と叫んで、相手の男にとびかかったのは、おそらく私に同情し、私に加勢して、キリスト教的な愛と怒りをもって、悪魔にたちむかったものであろう。遠藤君はよろけた。相手の客もよろけた。椅子と机もよろけた。勝負はひきわけに終り、二人はすぐさま、おとなしくなった。遠藤君は疲労して、ハアハアと苦しげに息をついていた。私は、まだ彼がキリスト教徒であることを知らなかった。彼のキリスト教は、まだ一般には知られていなかった。多分、彼は、イエス・キリストの愛のためではなく「義を見てせざるは勇なきなり」という、東洋道徳に従ったものであろう。

女房がS酒房に移ってから、私は一回だけ、その二階で寝泊りした。お正月だった。Sのマダムは客と一緒に温泉へ行き、ついでに店の女たちを連れて行った。「百合さんは、みんなと温泉へ行くのなんか好きじゃないでしょ。留守番してね。武田さんを連れてきてもいいよ」といいおいて出かけた。

私が約束の日にSへ出向くと、彼女は競輪へ行って、Sにはいなかった。上海時代の友人T君が寺へ遊びにきたとき「いいところへ連れて行ってやる」と、私はその方面の通人らしくいって、彼を同道した。T君は「酒場の二階？　そんなところ、お前さんが知っているのかい」と、喜んでついてきた。競輪で金を全部使い果した彼女が、ぼんやりと帰ってくるまでに、私は芸者のヒモになった風流な気分で、二階の小部屋の長火鉢か何かをなでたりして、友人を羨ましがらせていた。

その上海時代の友人は、実に奇妙な奴だった。火星人に似て、頭の鉢が開いていて、ことによると、ものすごく頭のいい男かもしれなかった。上海では電話会社の課長をやっていて、戦後の東京でも、国際電電公社の課長に納まっていた。自分でも小説が書きたいらしく、文壇の事情を何よりも知りたがった。

三島由紀夫氏が有名になってからのことであるが、「三島やなんか、若い作家が講演しているところへ行ってみたんだが、もし、ここにバクダンでも落ちれば、文壇に穴があくから、三人ぐらいは後釜に入れるかもしれないと思ったなあ」と述懐した。

松の内の神田、すずらん通りから、道を二本か三本か入ったS酒房は、気味がわるいほど静かだった。裏手はまだ焼跡だった。「冷蔵庫のものは何でもたべていいよ」と、マダムからいわれていたけれども、他人の家の食物に、そうそう手が出るものではなかった。「お鍋でもやるか」と、店の御馳走の真似をして、女房は鍋ものの支度をした。「今度くるときは、上等の毛布を持ってきてあげる。毛布、欲しいでしょう」と、T君は彼女にいった。「頭の大きい奴が何かいっている」と思うだけで、酒が入って、もうろうとなった彼女は、初対面の火星人が坐っていることなど、少しも気にならなかった。

T君を送りがてら、三人で町を散歩した。とりのこされたように店を開いている露天商が、ちり紙を売っていた。小さな束、大きな束にくくられて並べられてあるちり紙には、それぞれ値段が大きな字で書いてあった。その値段を見て、それだけの金をぽんと投げだし、一言もいわずに彼女が一束をさっとひったくるように買うと、T君は「うわあ、粋な買い方をするなあ」と、感嘆した。

そのころ、彼女には三角くじをやたらに買う癖があった。駿河台下から、小川町へかけての歩道に、三角くじ屋さんが出ていた。買うとすぐに三角形の二辺をむしって開く。当りはずれは売り手の背後にはり出された数字を見れば、すぐさま分る。はずれると、それを捨て去って歩いて行く。その無造作な態度が、露天のちり紙を買う彼女のやり方にのりうつっていたのだろう。

日本の敗色が色濃くなってからも、上海在住の日本文学青年は、同人雑誌を発行していた。私もT君も、その同人仲間だった。日本租界の集中地区に集まるようになってから、T君は、しばしば、私の寄宿している亭子間（ティンツケ）（上海独特の二階の裏部屋）に現われた。電話会社には、敗戦後の社員に支給する金が、あらかじめ用意してあったらしく、彼は金を所持していた。彼がくると、私は彼から金をもらい、外出して酒や肉まんじゅうを買いに行く。彼が女の人と連れだってくることもあった。その女の人は一種の女豪傑で、彼より年上だった。柔道の心得もある女豪傑は、敗戦後もすこぶる元気がよかった。「いま、途中で悪い支那人の奴に襲われたから、投げとばしてやった」と、さすがに息をはずませて彼女がいうと、T君は、その傍でくすぐったそうな笑いを浮べていた。もしかしたら、T君は私の部屋を利用して、女豪傑とふざけ合っていたのかもしれない。ともかく、私は彼から金をうけとり、町へ出て酒屋やまんじゅう屋へ使い走りして、自分の部屋へ戻った。「あんたは、どんな女の人が好きかねえ。ふん、ふん」と、彼は私の好みを聞きたがった。「そうだったかあ。なるほどねえ」と、うなずいたりして、何やら思慮をめぐらしている様子だった。

帰国したT君は、私の住む寺にも、ほかの下宿先にも、いたるところにあらわれた。神田はもとより、杉並区天沼や高井戸にもあらわれた。どうして忙しい職務をもつ彼が、そんなに度々、私の居場所にあらわれたのか、不思議である。奥さんに作ってもらったお弁当を持って、昼前からおしかけてくることもあった。私と女房と彼とで、上野の博物館に出かけたこともあった。博物館の食堂に入り、T君はお弁当の包みをひらいてたべ、私たちは食堂の料理を食べた。三人は博物館の静かな芝生へ出て、持参した酒を、ゆっくりとのんだ。彼は、そうやっているのが、愉快でたまらないらしかった。帰りぎわになると、彼は急に元気がなくなった。しょんぼりした彼が、そのまま自宅へ戻るのか、それとも会社へひきかえすのか、私には分らなかった。女房が博物館の便所に入って、すぐ出てくると「女の人は早いからなあ」と、つぶやいた。

彼は、文壇を熱愛していた。文壇人の動向を知ることが、何よりの楽しみだった。彼は、三島由紀夫さんの主演する映画の撮影が、どうしても自分の眼で見たかった。撮影所の正門に、招待もされないのに立ちすくんでいた。いつのまにか、守衛さんにとがめられることもなく、撮影所の構内に入っていた。「よく入れたもんだねえ」と、私が感心していうと「どうしても入りたかったんだ。だから入れたんだよ。きっと」と、自分でも不思議がるようにいった。

文芸春秋社の文士劇も、彼は見物したがった。彼のところへは、もちろん招待状はこない。しかし、彼は文士劇の当日、劇場の前に立っていた。まるでひきずりこまれるように劇場の中に入れることをのぞんでいた。文士劇の前日に、私の下宿を訪れ「どうしても行きたいんだ。だけど、入場券がもらえないからなあ。しかし、行きたいことは行きたいんだ」と、告白していた。当日、女房があわてて劇場に駈けつけると、入口にT君が立っていた。「あら、それじゃあ、一緒に入りましょう」と、彼女はいい、彼は権利を獲得した入場者のように、文士の群にまぎれこんだ。劇場の地下室では、すでに文士諸君が酒をのみ、おすしやおでんをたべていた。それは、すべて招待状とひきかえに、劇場の入口で手渡される食券で飲食しているのであった。彼は、その食券も、うちの女房や、ほかの文士たちからもらったにちがいない。そうして、まぎれこんで、文士の味をかみしめたりのみくだしたりしている間に、いつか自分自身も、決してよそ者ではなく、文壇内部の人として、浮き浮きしてくるのであった。文壇。それは、あるようで、ないようで、へんなものであった。まぎれこんでしまいさえすれば、あとは自分がその仲間の一員であると考えていれば、それですむようなものであった。彼はまぎれこんだ。しかし、絶えず、自分がよそ者であり、まぎれこんだにすぎないと自覚していた。したがって、孤独の淋しさが彼の周辺にまとわりついていた。彼は、どうして、そんなに文壇が好きだったのであろうか。彼が、もしも好きでさえなかったら、そんなものは糞くらえと蹴とばしてやれたのに。だが、彼は、あくまで好きだった。死にいたるまで好きであった。その愛好心を、誰もとがめだてすることはできなかった。去年、彼は死んだ。奥さんから手紙がきた。「亡き主人は、かねがね文学方面に志があったようですけれども……」と、記されてあった。「まるで子供のように、文学に憧れていました」

吉祥寺附近には、安保反対の友人が多かった。週刊朝日に頼まれて、私も国会議事堂のあたりに出張した。女房も子供もめずらしがってついてきた。幼女が街頭で新聞記者から、アンポハンタイのアンパンを買ってもらった。学生たちが、よく統制されていて、みんな若々しく元気よく歩いているのが、感じがよかった。指揮者が「学友」という言葉でよびかけていたのも、素直にききとれた。革新派の代議士が一段高いところで、行列にあいさつしていたが、その方は、あんまり若々しくもなく、群衆の波の勢いをやっとうけとめているようにみえた。

女房は吉祥寺方面への寄附金は出ししぶったが、友人諸氏に加勢はしたい様子だった。大学教授が「こういう人が、わけも分らず味方してくれることは、一番困るんだ」と説ききかせても、けろりとしていた。デモは彼女にとって、面白い散歩の一種らしかった。声なき声の趣旨に賛成したわけではない。団体嫌いの女房は、自分一人で紛れこむ方法を考えた。赤坂あたりに一人で出かけ、デモ行進がやってくるのを待った。

共産党の人々のグループがやってきたので、一番うしろについて歩いた。そのうち、どうも景気がわるそうだな、と感じたので、気に入った、ちがう行列の方に入って歩いた。その行列が警視庁の横手にくると、みんなが「屍体を返せえ」と叫んで、げんこをふり上げたので、彼女も一緒に叫んでは、手をふり上げた。警視庁の窓からは、おまわりさんが首を出し、ふしぎそうに眺めていた。屍体がほんとに収容されているかどうか、誰も知らなかった。「ここの地下室には学生の死骸が一杯あるんですよ」と、デモの一人が声をひそめて教えてくれたが、そんなことは確かめられるわけもなく、叫び歩くのが愉快でたまらないので、彼女はそうやっただけである。

夜のデモの中には、痴漢もまじっていた。昂奮した女性たちの体に、めったにないチャンスとばかり、彼はさわった。「アンポ、ハンタイ。アンポ、ハンタイ。キシヲ、タオセ。キシヲ、タオセ」と調子を合せながら、体をすりよせ、腕を組み合せ、手を握った。痴漢の手のひらは、びちょびちょしていた。デモが終っても「どこかへお茶をのみに行って、お話でも」と誘い、「いやよ。忙しいんだから」と、一人に断わられると、また、ほかの女性に近づいて誘いをかけ、また「わたしは駄目。すぐ帰らなくちゃならないんだから」と、すげなく振りはらわれていた。女房は「こんなときにもあらわれるなんて、痴漢のプロなんだなあ」と思った。

「たべものの恨みは恐ろしいぞお」と、女房は、誰かをおどかすようにいう。戦後、闇のお菓子を、闇市の屋台で売りさばいていたころ、取り締りの警官に、しばしば襲われた。菓子の中味をわって、小豆を使用していないか、どうかを、取り調べられた。わられた品物は売り物にならなかった。警官たちは、用意してきたトラックに、摘発した闇食品を総ざらいに積みこむ。客のたべていたラーメンまで丼ごと乱暴にぶちまけるので、大きなバケツから、汁があふれ、外側にラーメンがたれ下っているのを「こん畜生、この恨みは忘れんぞ」と、商売仲間と恨めしげに見送った。「涙も出やしねえ。あんなにしちまって。誰がくうんだい。警察の奴らか」と、ラーメン屋のおじさんが嘆いた。

　政府としては、闇市の取り締りは、緊急欠くべからざることであったろうが、彼女には、鬼姫の恨みと怒りだけが刻みつけられた。政府の総理は、キリスト教社会主義の温厚な政治家にすぎなかった。総理は、まもなく引退して、片瀬のあたりに住んでいた。女房が（私も一緒だが）江の島へ引越してからも、江の島電鉄を利用する元首相の姿を、彼女はみかけた。附近の住民も、駅員も、その元首相を敬愛しているらしかったが、彼女は「あんな奴。清貧なんぞ、あたしは大ッ嫌いだぞ」と、自分一人で呪っていた。私も江の電の駅で、元首相のずんぐりむっくりした、淋しそうな姿を眺めて「女房の嫌うほど、悪人らしく見えないなあ。悪人なら、もっとうまく警官を使っただろう。そして、巷にひそむ闇商売の女たちの恨みを買うこともしなかったろう」と、考えつつも、女房には話さなかった。

したがって、元総理につながる革新政党まで、ついでに彼女に嫌われてしまったのである。テレビの政治討論会などで、革新政党が何か主張するたびに、手に口をあてて、笑い声はたてずに嘲笑うのである。しかし、私のみるところ、保守政党に対しても嘲笑っているらしいのである。

「あんな顔して笑っているけれど、どうせ悪人にきまっている。悪人だから、えらくなれたんだ」と、テレビ画面の大臣などを批評する。「担当の新聞記者が行くと、一升びんの中に千円札をつめこんで、これを持ってゆきたまえ、などというにきまってる。選挙の前になると、約束の橋のたもとに、お札を封筒に入れて棄てておいて、約束の人がその封筒を拾うようになっているんだ。ちゃんと知っているんだ。あたしは」と、自信ありげにつぶやいている。まったく、彼女に思いこまれたら、百年目であった。清貧の奴は元気がないし、元気のいい奴は、悪い奴にきまっているわけで、それでも彼女は平気らしかった。

高井戸の家へ、攻撃的な共産党員が遊びにきた。彼は、北海道大学の哲学科の助手をしていた。そこを辞めてから、しばらく新劇運動を手伝い、石炭研究所につとめていた。彼は、きわめて情熱的な男で、恋人が密会の場所に少しでも遅れると、力のある両腕で、恋人の顔が曲るほど、ぶんなぐるのであった。私は、彼の結婚保証人になっていた。彼は、アパートの内部を見まわし、電気ストーブや、電気釜があるのを発見すると「今に革命になったら、こんなもの、みんなとられちまうぞ。アパートだって何だって、共産党のものだ。首をくくられてしまうかもしれませんよ」と、女房をおどかすのであった。すると女房は「ふん。野坂参三だって、とてもいい背広を着ているじゃないの。顔だって天皇陛下にそっくりじゃないの」と、腹立たしげに反対するのであった。野坂参三の顔が、天皇に似ていることは「宿命だなあ」と、彼女は思うのであるが、とにかく、その共産党の若ものをいいまかしてやりたくて仕方がない。若ものは、傲然として、お好み焼きを何枚もたべ、お酒もたっぷりのんで「今に革命が起きれば」と、馬鹿声を出して、彼女をおどかす。

「しかし、先生。石炭は景気がわるいですな。石炭研究所が一生けんめい研究していますが、どうしたって石油に勝てませんからな。石炭研究所の連中は、みんな、しょんぼりしてしまって。しかし、今に革命が起れば」と、あきずにしゃべり続けた。彼は、その後も石炭研究所につとめ続け、そして亡くなった。そのことを北大助手の同僚（今はキリスト教の名門校の教授）が、電話で知らせてくれた。

それとは反対に、すこぶるおとなしい共産党も、私をたずねてきた。彼は、浦高で私よりも一年先輩の英文学者だった。彼は遠慮がちに、すまなそうに、カンパの申入れをした。彼の家庭の事情を戦争中からよく知っていた私は、彼の誠実さをも、よく知っていた。とても、ひどい貧乏をしていることは、服装その他で分った。一君は、ずいぶん続けてやっているねえ。えらいよ」と、私がほめると「うん。ほかにどうしようもないからさあ」と、けんそんしたようにいった。彼は、浦高出身の同じ柔道部の仲間、彼より悪がしこくて、大物になった党員を、信頼をこめた言葉でなつかしがり「彼はやるなあ。ほんとうに強い奴だよ」と語った。

そんな彼が、左翼政党のなかで、大物にまで出世できそうもないことは、私にも感じられた。血色もわるく、まじめ一方な彼は、おどかしもせず、宣伝もしなかった。女房は、何となく彼が可哀そうになり、チャーハンを作って、彼にたべさせた。彼は恐縮して何度も辞退したが、女房にすすめられて、ていねいにたべた。「上品な人だなあ。貧乏なんだねえ、きっと」と、女房は感心した。彼は、アカハタしか購読していないので、大新聞をとっている女房の新知識についても、まったく知らなかった。「アカハタしかとっていないからねえ。ほかのことは、よく分りませんよ」と、彼は恥ずかしそうにいった。女房は、またまた「上品な人だなあ。真の清貧だなあ」と、感心した。

やがて、ソ連から葉書が届き、アカハタの特派員として、モスクワに在住していることを知った。貧乏ぐらしを脱けだし、晴れの舞台へのりだしたことを、彼のために喜んだ。

私は、AA作家会議でカイロへ赴き、カイロからソ連の飛行機を利用する、ソ連の文学代表団と同乗して、モスクワへ直行した。モスクワのホテルで時間があいたので、彼のもとへ電話をかけた。私自身では、彼の住所も分らないし、どうやって電話するのかも不明なので、日本文学専攻のロシア婦人に連絡を頼んだ。運よく話が通じたらしく、ホテルの一室に彼があらわれた。

「はじめは、寒さに閉口したよ。それから、たべものはあるが、日本とはちがっているからなあ」と、彼は相変らず、めだたない素朴な態度でいった。「子供が二人、こっちの学校へ通って、すぐロシア語がうまくなったけれども、おれは言葉は駄目だ」。駐在員の緊張した眼の鋭さのようなものは、彼にはまったく見うけられなかった。また、商社マンの素早い愛想のよさ、活気や競争心も認められなかった。日本とソ連の共産党のむずかしい内情に関しても、私は質問しなかった。一杯の酒ものまず、お互いの無事を知っただけで別れた。

現在、彼が健在であるや否や、くわしいことは分らない。文芸春秋の仕事で、宮本顕治氏と対談したさい、彼の話になり「共産党にはめずらしい、いい人ですね」と、私が意見をのべると、宮本氏は苦笑して、「いや、みんな、いい人ばかりですよ」と答えた。

要するに、女房は、おどかしたり、威張ったりする人が嫌いなのである。革命が起きて、彼女の買いこんだ、お気に入りの品物など、とられるようになってはたまらない、と思うのである。彼女の大好きな、夜おそくのテレビ俗悪番組が中止されるような世の中になるのも、いやなのである。「公明党が天下を取ったら、威張りだすんじゃないかなあ。創価学会のスポーツ大会なんかみると、おっかなくなるなあ。公明党の代議士は、みんな同じような、つやつやした顔つきで、同じようなぺったりした髪型、同じようなしゃべり方をするのは気にくわない」と、気むずかしくいう。

どの政党も、みんな気に入らないで、それでも選挙の当日には「棄権はしないぞ」と、投票に行き、自分の入れた候補者が当選したか、どうか、テレビをみつめている。今回は、市川房枝と野坂昭如に投票したらしい。アラン・ドロンが日本で立候補したら、もしかすると、彼女は彼に投票するかもしれない。

「サスケ」のテレビ番組がはじまると、いかにも忍者生活の孤独と殺気をただよわせた音楽が流れ、前口上がきこえる。一光りあるところ、影がある。ひとよ、その名を問うなかれ。闇にうまれ、闇に消ゆる。それが忍者のさだめであった」と、テテヤテエ、テテヤ、テテヤ、テテヤテエ、と運命的な音楽が流れる。彼女は「あたしは忍者おぼろ。馬鹿みたいにみえて、実はそうじゃない」という。

しかし、私は、彼女が高級な凄絶な忍者おぼろなどではなく、忍者おろか、忍者おとぼけなのだと判断して、安心している。かくれたる鬼姫たちの大きな目玉によって見まもられている政府、および与党と野党は、いつ、どこから飛来するか分らぬ、無数の手裏剣を待ちうけていなければならない。

船の散歩

昭和四十四年六月十日、八時四十五分、私と女房は、ソ連船ハバロフスク号に乗りこむべく、横浜大桟橋に到着した。

新聞連載の『新・東海道五十三次』の最後の回を、見送りに来た記者に手渡して、ほっとしたものの、『海』に予告された新長篇の原稿をすっぽかしてしまったので、『海』のK君の顔を見るのが辛かった。気のせいか、K君はふくれっ面をして、不機嫌に立っているようにみえる。

今から考えると、私の糖尿病はかなり悪化していたらしく、税関その他の手続きをするのも危なっかしく、ただ、一行九名にまじって、ぞろぞろと歩き、ぞろぞろと立ち止り、建物の中に入っては出てきて、また、ほかの場所へ顔をだし、パスポートをもらい、事務員にサインをもらい、ロシア人らしきポーターにトランクを渡し、タラップをよろめきながら上り、甲板から見送り人に愛想よく手を振るのがやっとだった。それだけでも全身に汗が流れた。

見送り人の下から投げてくれたテープを手にして、出航時間を待ちくたびれているが、大学の運動部の応援歌がにぎやかに聞え、ロシア人側の楽隊が、四、五年前にはやったような音楽を奏するのを空ろに聞いている。それは、まことに質素な楽隊で、白ワイシャツにノーネクタイ、一番上のボタンをはずし、アコーデオン、エレキギター、ドラムなどで、適当にあやすように合奏している。（これは、女房の旅行日記を使用しているので、実にはっきりしているようであるが、当時の私も、現在の私も、記憶はもうろうとしている。）とにかく、波止場にも、甲板にも、明るい日光が照りつけていた。われわれの傍らに立っていたヒッピー風のアメリカ少女が、私の仕方なさそうな笑い方を眺め「あれは、神秘的なジャパニーズ・スマイルなんだよ」と、ささやいていた。見送り人たちは、上方の甲板に立ち並ぶ乗客を眺めているから、首がくたびれたかもしれない。陽はますます強く照りつけ、汗はとめどもなく流れた。出航。舷側はたちまち栈橋を離れ、われわれも見送り人も、義理がはたせて気が楽になる。

しばらく海は黄色のままである。私たちの部屋は、一一六号。単独で申し込んだ親友は、四人一部屋の二二四号にいれられた。黄色い海上を、小さい船、大きい船、黒い船、青い船、赤い横線の入った船が走る。食堂でビール二本。バーがあるのを発見。おそるおそる入ってみる。係りは化粧の濃い肥った大年増（ロシア人）が一人きり。スタンドのまわりには、すでに日本人男性がずらりと腰をおろしている。セルフサービスで、ビール二本とコップ二つ持ってきて飲む。日本金で五千円札を出すと、彼女はすぐおつりをくれた。

甲板には、西洋人男女が足を投げだして日光浴をしている。本を読む者もある。ビキニ姿もある。それらを眺めながら散歩しているうちに、親友に出会った。彼を連れてバーに行く。小さなグラスにつがれたモスコスキー二杯、同じくウォッカのスタルカ一杯、コニャック一杯を注文。女房はビール一本。

船室の窓には、うすいカーテンがかかり、甲板を往ったり来たりする乗客や船員の姿が、透かしてみえる。猫背の大男、肥ったおばさん、ビキニの少女、家族連れの中年の男、足の不自由なおじいさん、本を抱えた人、酔った眼で眺めていると、映画のように見飽きない。もともとこのシルクロード旅行は、親友の提案したもので、私は地球上のどこへ行っても違いはないのである。はじめの計画では、女房も同行するとは、彼は思っていなかったらしい。「どうかね」と、私の様子を見にくるのは、彼の発案のよしあしを確かめるためである。地図や磁石や参考書の類を携行しているのは、彼の方である。私には旅心がない。乗りものに乗って遠くへ運ばれて行き、安楽な見物をして、なるべく、くたびれないように帰国したいだけである。船酔いのためか、しきりにあくびをしていた女房は昼寝をした。山小屋で、パーティーがすんでから、高校生の娘を一人のこして、準備万端ととのえてから乗船したので、私よりも、もっとくたびれはてていた。

オルゴールらしき音楽が聞える。お客様へのおしらせがはじまり、四時のお茶。女房はまた眠った。またオルゴールがなる。五時からサロンで映画会があるのだ。女房は五分ほど観て、つまらないので帰ってしまった。そんなソ連映画は、すでに見飽きているのか、ソ連の男の子は「ダメネエ、イアネエ、タダミテイルダケ」と、達者な日本語で私に言った。まだよく陽があたっている。

食堂で夕食。そこにも太陽光線が一直線に射しかけている。ぶどう酒を一本注文して、船室に持ち帰った。食堂の小さな丸窓から見える海は、金色に光っている。海面も太陽も窓も、ことごとく光り輝いている。船室に戻るころ、ようやく太陽はあかぐろく変色し、海も次第に黒くなった。

八時からダンスパーティ。楽隊付きであるのに、人々は会場にじっと腰かけていて、踊ろうとはしなかった。社会主義国の楽隊は、まじめに楽譜をめくっては、次の演奏にうつる。楽隊はもとより、西洋人の男女は、首すじががっしりして幹のように伸び、上体についていることを女房は感心した。顔が小さくても首は太いのである。それにくらべ、東洋人の首はガクガクしている。日本人の顔はカニのようで、顔のまんなかがバッ点のようになっている。実に変った顔で、体つきも不自然である。(女房の日記に、このような意見がのべてある。)外国人からみると、エキゾチックでサイケかもしれないそうだ。

朝、昼、晩と、三食の食事はすんだはずであるが、食物の話が出てこないのは、私の歯は三、四本しか残っていないで、しかも一本はぐらついて、油断すると歯ぐきから血を流すからである。普通のソーセージ、サラミソーセージ、ハンバーグ、サラダ、ゆで卵など、食卓に並んだらしいが、ろくにかまないで、のどに流しこんでいたのだろう。この状態は旅行中つづいて、あんまり食べないので、トビリシのホテルでは、給仕女から「この方は何にも食べませんね。大丈夫ですか」と、怪しまれた。回教圏を通過するのだから、羊の焼肉を食べさせられることは覚悟していた。豚肉などお目にかかれないし、牛肉は出るにしても、とても硬くて食べられない予定だった。酒がとだえないように買っておきさえすればよいのである。

甲板には、次第に人影が少なくなり、それでもデッキチェアーには、本を読んでいる人がいる。レインコートを着けた女が男とカップルで歩いてくる。五十前後のずんぐりした労働者風の男と肥った奥さんも歩いている。奥さんは粗末なプリント木綿のワンピースの上に終戦直後のような型の赤いオーバーを羽織り、赤い洗いざらしのワイシャツを着た小さな男の子をつれている。男の子は「サブイねえ」と言う。日本人だか西洋人だか、何れもはっきりしない。海は暗くなる。いい感じであるが淋しい。淋しいけれどもいい感じで彼女は眠った。

六月十一日、くもり。六時ごろ、彼女はうっすらとめざめた。「あいかわらず、クリーニング屋のような音がしている」と記されているが、それが、シュッシューッとふきだす音か、それとも、ごとごとごとという機関の音か、夫婦とも覚えていない。「今日は晴れてはいない。霧がかかっている」と、彼女より二時間ほど早く起きていた彼女の主人は言う。親友が船室をたずねてきて、コニャックとぶどう酒を飲んでいる。彼も早起きしたらしく「甲板を散歩していると、この部屋だけ灯りがついているので、すぐわかるよ」と言った。昨夜から彼女が夜食用にとテーブルに出しておいた、銀紙に包まれた小型チーズを、私はキャラメルとまちがえて手を出さなかった。それを肴に「君は以前はこんなに飲まなかったじゃないか」と、面白がられながら飲んでいる。親友の細君から「お酒を飲ませないようにして頂だい」と、厳重に申し渡されたのは、私の方である。もともと酒の強い親友は、細君の注意をしばしば忘れて、飲んでいるので、私は「朝酒やさりとは知らぬ照子さん」という川柳を作った。

親友は回教圏の研究者でもある。私は、シルクロードはロシア側にも中国側にもあって、中国側の道は、敦煌のあたりを通過する古い道であり、敦煌の発掘文献は、かつて読んだこともあり、イメージもインドに達するまで浮び上ってくるが、シベリヤを横断するシルクロードなるものは、まったくわからない。私の想像では、漢民族の多い中国側と、ロシア人が進出し開拓したシベリヤ側の丁度中間に、回教徒の定住地と通路があるらしかった。新聞の報道によれば、中ソ両軍は、この一線を境にして、一触即発、今にも火を噴かんばかりに、自信満々、向いあっているという噂であった。

旅行社の案内には「シルクロード、白夜の旅」と、観光客の気に入りそうな宣伝文章があるだけであって、どちらかといえば、ロシアびいきらしい。案内者もロシア語が上手である。キタイ（支那）というロシア語は、この旅行中、禁句だな、と私は自分にいいきかせていた。パスポートには、職業 AUTHOR　渡航目的 FOR SIGHTSEEING と記されてある。彼女の職業欄には HOUSE WIFE と記入されてある。二人とも、明らかに軍事探偵ではない。渡航目的もなごやかで危険性はない。しかし、社会主義国に一歩ふみ入れば、スパイとまちがえられることもあり得るのだ。こちらがいくらなごやかに微笑していても、密偵が夫婦で旅行団にまぎれこんでいるから注意せよ、という通達が発せられているかもしれない。まあ、そんな緊張が一瞬、御馳走に添えられた辛子（からし）のように、ピリリと感ぜられた。（観光客を優遇するソ連では、旅行が終るまで、そんな緊張は感ぜられなかったが。）

西洋人や日本人の男女にまじって、甲板を駈け足していた女房に、西洋人の旦那さんと結婚した日本人の奥さんと顔見知りになった。「ソ連を通過して、英国の主人の実家に行きます。私は結婚してから、はじめて主人の一族に会い、二人の子供を見せに連れて行くのです」と奥さんが言う。自分のセーターにくるんで赤ん坊を抱いている。赤ん坊は生後九ヵ月の女の子、上の子供は小学生の男の子であることまで説明してくれる。「二ヵ月会社の休みがとれたので、一家揃って行くんです。だけど、主人はまた日本に帰ってくるのはいやでしょうねえ。私はその方がいいのですが。三田に会社の支店があって、そこの寮に住んでいます。本店は関西にあります。二人で九州やら、あっちの方は観光旅行しましたが、北海道を見るのは、はじめてです」

海上の右手に北海道が見え、船は津軽海峡の一番狭いところにさしかかっているらしい。函館の小高い丘が見えた、と騒いでいるものもいる。

「この赤ん坊は食堂の卵と粉ミルクで食事をとっていますが、バナナを食べさせすぎ、顔にポツポツが、ほら、できているでしょう。足にも……一週間ぐらいはなおらないかしら。向うへ行くまでになおらなくちゃ」と、奥さんの話は続く。黙って夜の海を見ていた奥さんの主人（英国人）は「イギリス大使館は一番町ね。赤坂と近い」と、女房に言った。小学生の男の子が駈けよってきて「あの島はどこの国？」ときく。奥さんは、「あの島は、まだ日本よ。北海道、ママの国よ」と、大声ではっきり答えた。その子はマーチンという名前らしい。マーチンは「ママ、おしっこに行く」といいおいて駈けていった。「マーチン、自分一人でいきなさい」と、奥さんは追いかけるように呼びかける。女房は混血児の赤ん坊を眺め、クリスマスカードにある子供の天使そっくりだと思った。体格のがっしりした奥さんは化粧一つしていない。木綿のワンピースを着て、赤いネンネコを羽織っている。ここらあたりから、私と女房は、いよいよ国際社会へと踏み入ったわけである。

お茶の時間にだされたケーキにも興味を抱いた女房は、ケーキの絵を日記に描いた。丸いピンクの花型、その下がクリーム色、土台はカステラになっている。「カステラの部分はパンのように目が粗く、蜜がたっぷりしみこんで、少し酒の匂いがする。上のクリームは大へん甘く、バター味が濃い。東京の精製されすぎた高級都会菓子とは、味も舌ざわりも甘さも、まるでちがう。いかにも広いロシアで、あちこちを気にかけないで悠然と作っている感じ」と、何でも面白がって記録されてある。

ドイツ人の四歳になる男の子（いつのまに年齢まできぎだしたのだろうか）、小鬼のような幼児が、女房に寄り添って「おばさん、ボク、ケーキ食べたくない」と、わざわざ告げている。

サロンでは、あいかわらず映画会。黒白の映画で、交響楽団の演奏している場面を、何の奇もなく撮影してある。女房は、あいかわらず映画をみない。

夜食のとき、女房は㊀サーモンの燻製四片ほど、㊁こうし肉のステーキ、じゃがいもフライ、㊂トマトジュース。私のところへは、パン皿一杯のロシア風ギョウザがでてきた。滑りがいいので、私には食べやすかった。親友も同じ料理を注文したけれども「あまり、うまくない」と、気むずかしく意見をのべた。

メインテーブルには、ロシア人家族が坐っている。そのロシア人たちは、ドイツ小鬼の母親と、その友人のテーブルの方を眺めやっては、ひそひそ話をしていた。ロシア人の若い母親の、ドイツ人のテーブルをみる眼付きは、決して好意的ではなかった。ドイツ婦人二人は、最新流行の服装に化粧も濃く、色気も発散していた。華美な女をいやらしいといいたげな、きびしい眼付きと話しぶりである。依然として、ロシア人にとって、ドイツ人は侵略者であり、敵なのである。「負けたくせに、あんなに威張っている。子供までしつけがわるくて、あんなに馴れ馴れしくしている」と語りあっているのかもしれない。

女房は、外国人の沢山いる食堂に入り、その外国人同士の間に感情のもつれがあり、ちらちらと眺めやっては、ひそひそ話をする光景を目撃するのは、初経験であるので、面白くも不思議な感じがした。

ロシア人家族は、もちろん、色白で化粧はしていない。質素な野暮くさい服装であるが、柔らかい感じがする。ドイツ女たちは、大声でドイツ語をしゃべり、あたりはばからず笑いあっている。ロシア人の子供たちは、ドイツ小鬼と遊ぼうとはしない。相手にならないようにしている。

九時ごろ、またも酒場（バー）に行き、コニャック（ファイブスター）一本を買った。酒場（バー）は満席である。日本人団体の席では、持参のせんべいと海苔の佃煮をつまみにして飲んでいる。ドイツ小鬼は、女房がスタンドに腰かけて酒を買う間、隣りに坐り、コカコーラを飲む。女房と代る代る飲むつもりで、自分のびんで女房に飲ませ、女房のびんをうけとって、自分で飲んでいる。小鬼は「ボク、ここが好き」と一人前の口のきき方をして「オバサン、カヨコサン？　外人は好き？」ときく。

船室に戻っても、ダンスパーティの音楽が遠く聞えている。やたらに眠くなった女房は、ベッドによじのぼって熟睡した。「北の海にいるのは、あれは人魚ではないのです。北の海にいるのは、あれは波ばかり」というのは、何の唄だったろうか。小川未明の『人魚とろうそく』の海は、こんな海だったろうか、などと、がらになく、彼女はロマンチックな思いに耽りながら。

六月十二日、終日くもり。私は例によって早起きして酒を飲んでいる。「西洋婦人の足は長くてすらりとしているな。なかには変な顔の女もいるが、顔のまんなかにバッ点があるほどではない」と、つまらぬことを考えている。親友がドアをノックしてあらわれる。コニャックとぶどう酒。彼女は甲板を歩く。甲板はぬれている。霧なのか、雨なのか、波のしぶきなのか、彼女にはわからない。ベンチには、ロシア人船員が腰かけている。ペンキの罐と刷毛を置いて、話しあいもしないで休んでいる。水色のセーターを着た年寄りの船員が「ホーロドノ（?）」と声をかけた。首をすくめて、手をポケットに入れたので「ああ、寒いということか」と、彼女にわかった。

室内に戻った彼女は、寒いのでベッドの毛布を頭からかぶる。船がゆれはじめたので、昼食がたべられないと損だと考えた彼女は、トラベルミンを一粒飲んだ。食堂では、親友のテーブルの向い側に、ローマの大学へ留学する予定のお嬢さん（日本人）が坐ることになっていて、親友は、それを喜んでいたが、船酔いらしくて姿が見えない。

二時半、窓の外に陸地が見えた。緑色と茶色に色わけされた陸地である。灰色の部分が少ないので、たしかに日本の陸地とはちがっている。ナホトカの港に向って一直線に走っているらしい。海と陸の感じは、全体として日本海大海戦、樺島勝一えがく細密画や、明治絵画館に陳列された油絵を思わせる。海の色は暗く、甲板には冷たい風が吹きまくる。ときたま陽が射しかけると、海面は一ぺんに金色に変る。ナホトカは晴れらしい。三時、港に入る。音も立てずに停止した船は、そのまま動かない。すでに十隻ばかりの船が停泊していた。船の形は古めかしいが、黒、赤、コバルト、だいだい色と美しく見えた。海は緑青色に変っている。船中で働いていたロシア婦人たちは、ワンピースをスーツに着替えてお化粧もした。アイラインもアイシャドウもして、顔形がはっきりした。

エンジンがかかり、船は少しずつ動いて桟橋に近づいて行く。桟橋には釣をしているロシア人の男女。小舟に満員で立ち姿の労働者がいる。みんな鳥打帽をかぶり、子供までかぶっている。カーキ色の軍服に肩章をつけた将校らしき（下士官かもしれない）軍人が数名、タラップを上ってきた。さあ、これからは労働者と軍人の国に入るのである。

私は、少年のころから、日本の海には親しんできた。水泳もたしかでなかったので、小田原海岸の荒波にもまれ、砂浜に打ちあげられた。房州の波にたわむれるころには、漁師の子供に負けないくらい、海を楽しんでいた。肌を焼く烈日。自己の体力を、砂と海水の境界線で、思う存分試してみる。新鮮な魚肉をたっぷり食べて、みるみる裸の肉体が力を増してくるうれしさ。

高校生になると、夏休み中、静岡県田方郡の内海へ行った。入りくんだ内湾の水が澄みきっていて、波をたてずに澱んでいた。海水に浮んだ自分の手足の下で、海藻がゆらめいている。見馴れない深海魚の、色鮮やかに往き来するのが自由に見えた。うつぼ(海蛇の一種)も小魚の群にまじって、海底からの使者のように泳ぎ上ってきた。長い紫色の針をのばすウニやガゼ(小型のウニ)、オレンジ色のヒトデ、その他、岩にへばりついた海棲動物の奇怪な形が、遠く近く、私をとりかこんでいた。もぐることの緊張を覚えはじめる。息をつめて、次第に深くもぐってゆく。頭上に明るかった光線が、だんだん遠ざかってゆく。四肢が無限に自由になり、いくらか放恣そのままになる。普通の水泳とは異なっている。まわりの色彩は、海面の輝かしさをすでに失っている。どこまで耐えられるか、その限度がいつのまにか忘れられそうになり、それが不安でもあり、楽しくもあった。

漁師たちは機関(エンジン)なしの和船をこいでいた。私たちは使用されていない古い和船を借りうけた。頑丈な木材で出来ている和船は、重く船足はのろかったが、軽いボートにくらべ、どっしりした安定性を保っている。艪べそに艪をあてがう。それから舟べりに縄で結びつけられている手もとの部分を、縄がゆるまないようにして前後に動かす。その扱いがむずかしく、油断すると海中へ自分が落ちこむのである。奇妙に水をきってくれる艪の動きに馴れてくると、微妙な働きは、くすぐったいほどの魅力に満ちている。漁師の子供たちの胸肉の厚みは、艪の運動とうまく馴れあったおかげである。艪を押して海上を進み、海岸沿いに隣りの部落までたどりつく。船上には、妹や兄が乗っていることもある。しかし、たった一人で漕いで行く方が面白い。湾に浮んだ島へ、魚類に富む水路を横断して近づいて行く。たった一人で、どこまでも。新しい岩や、岩にじかに生えているような樹木の密生、岬の向うに突然発見する海面の深みや浅瀬。船さえあれば、誰の干渉もうけずに、好きな場所へ移動することができる。汽車もバスもいらない。ただ、船さえあれば。ヨットで太平洋横断に成功した、日本人青年のような冒険心は、私にはなかった。浮んでいる、流されている、漕いでいる、風景が変ってくる、いずれどこかで引き返さねばならない。頼りないような、たのもしいような気分が、自分が何か新しい人間に生れ変ることができる瞬間に立ち会っているようで、かけがえのないスリルを味わう。

父がボートを買ってくれた。それは、底が平べったい、漕ぎにくいボートだった。漁夫たちは、ボートには見向きもしない。遊んでいる人間ではなくて、かせいでいる職業人である彼らは、遊び道具を軽蔑していた。遊んでいるわれわれは、仮りのボートを利用して、寝静まったように人声の聞えない部落や、急ににぎやかにひらけている港に入って行くことで満足することもできたのであるが。

戦後、私は思い出の深い、田方郡の内海に女房を連れて行った。泳ぎ好きの彼女は、深夜でも海水につかった。船の油の一面に浮いている暗い船つき場で水に浮んだ彼女は、気がついてみると黒い油にまみれていた。海の泡とともに生れたヴィーナスではなく、黒い海にまぶされた、黒い女のような姿だった。彼女の弟は下宿の屋根に干されている干魚を、無断で手にとって、むさぼり食べた。……今、私たち夫婦は観光用のソ連船で、ここまで運ばれてきた。彼女は食堂のメニューから、好きな食品を選ぶことができる。大きな船が、異国の港まで安全を保障して運んでくれる。船の甲板までが、自分たちを守ってくれる鉄板として、暗くなったり、明るくなったりする海面を、十分に眺めさせてくれる。

労働者と軍人の国の税関検査の役人が「グッドアフタヌーン」と、愛想よく船室に入り、ペラペラとロシア語をしゃべる。夫婦がぎごちなく立ち上って、向い合ったまま、きょとんとしていると「クダモノ、ヤサイ、ハナノタネ、アリマスカ」と言う。「ノー」と答えると、そそくさと出て行く。親友は持参のレモンを海に捨ててしまった。船室係のロシア女が検疫証明書を渡すため、いそがしげに各船室を回って歩く。紺色の制服の男があらわれ、私たちの所持金の額、貴金属のありなし、行く先を問いただし、サインをする。私たちは船中で配られた紙片に、夫婦それぞれ一枚ずつ書きいれて提出する。夫のだけでよろしい、となって、妻の紙片をポケットにいれた。ポーターがトランクを運び出す。別のロシア婦人があらわれ、パスポートを返してくれる。

同行のB夫妻とE氏には、なかなか旅券が戻らないので、私たちも一緒にしばらく船内に残っていた。やがてタラップを下りる。

三、四人立ち並んで話しあっていたロシア女のうち、一人がつかつかと近寄り、日本語で「つきあたりの建物です。バスの前から入って下さい」と教えてくれた。どの建物も明治村の感じ。つまり西洋風であるが、質素で古臭いのである。男の子が来て、入口までついてきて教えてくれる。中には、ハバロフスク号で顔見知りの日本人や外国人が、行列したり腰かけたりしている。それから、両替のための行列の仲間入りをした。日本金二万円を両替する。

女房は船酔い気味で、トラベルミンも効果なく、昼食の肉を摂らなかったので空腹であった。私はめずらしく親切に、かいがいしく売店を見廻して、ヨーグルトとチーズ、パン二切れを買ってやった。ジュース、ヨーグルトの類はコップに、チーズは一人前ずつ皿に盛りつけてあるので、いま両替したばかりの金を全部見せると、その中から一枚だけとって、おつりをくれる。テーブルに向って女房はおいしそうに食べはじめた。ドイツ女が向い側に坐っていて、彼女のヨーグルトを指さして「何か」としゃべっているらしい。「ヨーグルト」と答えると「グッド？　ベリーグッド？」ときく。「ベリーグッド」と答えると、ドイツ女はうなずき、自分も注文して、ドイツ子供に食べさせる。チーズは乾ききっていて、ふちがかたい。ヨーグルトには甘味がついていないが、日本製よりずっと濃いので、女房のおなかは一杯となった。彼女はチョコレートも一枚買った。終戦直後の不純なチョコレートの味がしたらしい。二十四カペイクである。

ローマへ留学する女子学生は「三ドルだけ両替してゆくわ」と、いいおいて両替所に出かけたので、女房はその荷物の番をした。

駅に行き、バスに乗りこむ。建物の前にベンチがあり、肥ったロシア女が三、四人腰をおろしている。軍人が歩いて行く。ネッカチーフをかぶったお婆さんが歩いて行く。若いロシア男がバスに乗りこみ「僕はインツーリストです。これからハバロフスクまで一緒にまいります」と、日本語でいいきかせた。彼の説明によると、まず八時に汽車が出て、夜食。夜食と朝食を車内でとり、十一時、ハバロフスク着の予定だそうだ。彼は、朝食をチュウ食（昼食）と発音して、前に坐った日本人にチョウ食と訂正されたので「あ、朝食ね、朝のごはん」と、いいなおした。鉄道の駅は近かった。国際列車らしきものが到着し、それを右手にみて、丘の方へ大回りをしてホームに着いた。プラットホームは、ほかの地面と地続きになっていて、囲いの柵はどこにもない。まことにのんびりしている。日本語の歌がマイクで流されている。ダークダックスの男声合唱であった。

私たち日本人旅行団体は、車輛八号の１２３４の室らしく、二等であった。一等は古めかしく、二等はドイツ製の新車輛である。そんなことが女房にわかるはずもなし、私も気にしないたちなのに、こう記録されているのは、外国通のB夫妻か、ロシア通の案内掛が教えてくれたのであろう。停まったままの列車の廊下の窓から外を眺めると、鉄道線路にロシアの男の子が三人駈け寄ってきた。列車の窓の下にきて、手にした絵葉書を振った。チューインガムととりかえてくれといっているらしい。「せん方がええ」と、関西弁で注意した（同行九人のうち、六名は関西人である）、一番やせた小柄な老人は、関西の土木建築業では名を売った、銭高組の会長である。親類一同に無茶はやめてくれと頼まれたが、死ぬ前に、どうしてもロシアに行きたいといい張って、われわれの仲間に加わった。彼は、おそらく日本軍のシベリヤ出兵の時代に、ロシアの土を踏んだことがあるらしい。帝政ロシアと革命ロシアの境い目に、シベリヤを旅行した老人であるから、われわれとは観察の眼が異なっているのであろう。八十を越しているけれども、土木業に励んで渡り歩いたせいか、足だけは達者である。私が歩きしぶっているところでも、仲間に負けずに、すたすたと歩いていた。（銭高氏はロシア旅行を終えてから、一年経たずに亡くなった。）

揚子江の南、江南とよばれる地帯には、水路が四通八達している。杭州からは鉄道ものびているが、細い運河を小舟で通うこともできる。運河は民家の密集した町なかを通過し、石の丸橋をくぐりぬけ、田園地帯を眺めやりながら、突如として広々とした湖や池に達することができる。この種の水のたのしみは、急流の多い日本では、到底のぞめない。

しかし、どこへ行っても、戦地は屍臭が満ちている。嘉興でも、金山でも、洗濯する女たちの、つい鼻の先に、中国人の屍の腕や足が水面からつきだしていた。湖州は、せまい水路を通りぬけて、いきなり茫洋と展けている空間に出て、それから次第に町なかに入って行く。紙や筆で有名な湖州は、戦火で荒れはてている。貴重な紙や筆、古い文献は、無神経な日本兵の手でかき乱され、埃の舞い上る道路に散乱していた。異国人の死の積み重なった光景ではあるが、それでも、焼き玉エンジンという機関のついた日本製の漁船に乗って、さまざまに変化する水路を旅することは、たまらなく私の心を慰めてくれた。

戦争が次第に拡大し、南京が陥ちても、中国人の抵抗は終わろうとはしなかった。私たちは、ひどい道をトラックにゆられて進軍した。トラックで行けないところへは、小舟で進んだ。安徽省の巣湖では、輜重兵たちは深く青い水面に浮んで垢を洗い落した。かぎりもない麦畑、幅広くうねりくねっている淮河、どこまで続いているかわからない、小川と運河の道をたどっては停まり、休んではさらに進んで行く。そのような船の散歩について、兵隊だった私は記録している。

「牛の犂(すき)で掘り起した田には、水が張ってはないのだが足にねばりつく。黒豚は二、三頭かたまって逃げて行く。足が逞くて容易にはつかまらない。広々とした田畑の間には、青い水を湛えたクリークや池があって、豚は巧にそれをよけては、すばらしい速力で走って行く。私たちは、ありあわせの鉄の棒や鍬を振りあげて、豚の鼻や背中をなぐる。啼き声はたてるが、なかなか走るのはやめず、次第に速力は鈍り、堤の下で追いつめられ暴れるが、ついにひっくり返され、脚を縛られてしまう。船員たちは巧妙に仕事をやるので、追って行った私は、ただ見ているだけであった。棒にさしてかついで行く。二本も棒が折れて、三本目の棒にさしてかついで行く。

そして船に押し上げて、板の間に投げ出して置くと、豚は怒って板をかじる。飯をやっても食べずに、毛の生えた鼻にしわをよせ、陰険な眼で睨んでいる。そして、いかにもにくにくしげな啼き声で抵抗しつづけている。私のズボンは、田の土にまみれた豚を押し上げたため、ベッタリと赤土が付着している。

贛江(カンコウ)の水の上を、破壊された材木が流れ寄ってくる。それを押し出しては下流へ流しているうちに、亀をつかまえた。茶色といっても、うす気味悪い茶色で小さいが、何となく古物の如く、亀は洗面器の中で泳いでいた。

毎日、かならず雷が鳴り、降雨する。その瞬間、茶褐色の江水の表面が怪物の皮膚のように、雨足の毛穴をあける。対岸の部落や堤の凹凸が、妙に生き生きと目に迫ってきて、水平地平の線の上が、神の衣のように不思議な明るい色に輝く。自分たちの頭上には、それと反対に、魔の衣のような真黒い雲が、押しつけるようにたちこめている。この空の色といったら、鮫が夢でも見たら、こんな色の夢を見るのではあるまいか。すべてのものが分散しつくす寸前には、物理現象にも殊さら色彩がつくのかもしれない。

雲が堂々と移動して来て、どの舟の周囲にも黄褐色のしぶきがあがりはじめ、おまけにそれが白光を放つ。そして暴風雨になる。旗も舟も共にきしみはじめるが、叩きつけるような音をたてている旗は、けなげにも人間に味方しているように見える。私は艙内に入ってしまう。鶏や小鳥たちは、可哀そうに慌てくさって、恐怖のどん底にいるので、箱の中へ叩きこんでしまう。豚のことなど、誰も忘れてしまっているから、豚は不平不満にみちた顔を、板の間にこすりつけてずぶぬれになっていた。」

日本陸軍二等兵としての「船の散歩」の記録は、なおも続く。自分一人で詩的になっているつもりの、傍観者ぶった、わがままな詩情。それは、征服されようとしている大陸の住民たち、農民や職人や兵士たちの苦しい感情とは、どれほど、へだたっていたことだろうか。感覚を鋭くして、書きつづっている自分が、どんな眼で注目されているかも、まったく気づいてはいないのだ。

「河辺にかすむ灰色の塔は、年々崩れ落ちる砂の上に立っていた。私が荷物船の上から、朝の闇をとおして、その塔を見たのは、ほんのわずかな時間にすぎない。塔の歴史にとっては、ほんの一呼吸の間であった。それだのに私は、その塔の生活を、すべて見てとったような気がした。

揚子江も、そのあたりは住民もとだえがちで、塔は砂原の上に、一人はなれて立てられていた。何者がこんな場所に、どんな信念を以て塔をうちたてたのであろうか。いずれにしても、もう永い間、参詣人もなく、祈りの声もきかず、慾望にふるえる手でさわられたこともなかったに違いない。

塔は、もはや、そこらの大きな柳の樹や、アカシアの樹と異なるところはなかった。いかなる幸福の旗も、その塔の上にひるがえったことはなかっただろう。その塔を飾るものは、花輪ではなかった。

私が甲板に立って見ていたその時、灰色の空に蟹の手のように裂目ができて、そこから金色の太陽の光がさしはじめていた。やがて美しい太陽の姿があらわれた。私は何と形容したらよいかと考えた。私は自然に対しているとき、何か考えないで、ただ見ていることに不満な性(たち)であったかもしれない。『果実の国の金貨』という言葉がおもい浮んできた。果実の国の金貨は、塔のうしろに当って輝きわたり、私はほとんど塔のことなど忘れてしまうくらいであった。やがて、その太陽も、再び大きな灰色の雲の幕の中にかくれてしまった。

今や塔は、ほとんど見えないくらい、遠くはなれてしまった。花輪でなくて、塔を朝夕かざるものは太陽であったろうか。しかし、内心私は、中世的なそんな詩情はよくないと嘲笑して、冷酷におしだまるつもりになって、塔を見つめていた。塔を飾るものなど、必要はないではないか。人間たちは創りだしたもの、築きあげたものを、忘れてしまったのであるから。それに忘れなければ、何も考えだすことなど、できはしないのであるから。」

安全な散歩？

車内の二段ベッドの下の方を、私は選んだ。しかし、親友は「女を下のベッドにしてあげるのだぞ」と注意したので、仕方なく上にあがって、トランクの類を整理した。車室の内部には、ソ連画報やレーニン語録（日本語版）が、あらかじめ置いてあった。レーニンの平和共存に関する論説だけを集めた本もある。米ソ接近がはじまっていて、資本主義国と社会主義国の間の貿易について、ソ連側でも、それをうまく説明することが、なかなかむずかしいのであろう。

食堂へは、日本人グループが一番早く行った。四人掛けのテーブルの、一つだけ空いていた席に、あとから来た英国人の労働者風の男が腰をおろした。彼はすこぶる遠慮深いたちで、膝をぴっちりと揃え、うつ向き加減にしていた。女房が、かしこまっている彼に、卓上のかごからパンを一切れとってあげる。彼は静かに姿勢を正して食べている。かごは彼の手の届かぬ場所にあるせいか、食べてしまっても、じっとしている。また、女房が手渡したが、それは、パンの耳の方であったので、とりかえてあげようとすると「耳のところが好きです」と言った。ウェイトレス（若いロシア婦人）が列車の動揺によろけながら皿を運んできた。肉とソースが、その英国人のズボンにぶつかり、彼女はすべって皿をひっくり返した。ウェイトレスは、ていねいに謝って、あわてて拭きとろうとするが、肉汁はなかなか落ちない。彼は、ぶしつけに不機嫌な顔付きはしないが、憮然としている。ウェイトレスは食塩入れをとって、彼のズボンにまき散らし、さらに紙ナプキンを何枚も使ってぬぐいとった。

彼は教師をしているそうで、ロシア回りでイギリスに帰る予定であった。ぶどう酒を一本買い、車室に持って帰って飲む。ぶどう酒の飲み残りが、瓶ごと倒れてこぼれないように、隅っこに置き、それをレーニンの著作何冊かで固って固定させておく。

私は上段のベッドによじのぼり、一人だけ先に寝てしまった。私のいびきは下の連中に聞えていた。女房と親友は、下のベッドに腰をおろし、窓の外を見ていた。案内掛のYさん（彼も私と同様、上のベッド）が、ぶどう酒の仲間入りをする。女房のベッドの小型のランプが点灯ないので、Yさんは、その由を車掌に告げた。やがて小柄な老人車掌が来た。彼は「電球はあるが、汽車が走っているうちは駄目で、ハバロフスクへ着かなければ直せない」と言った。赤いセーターを着た老人車掌は話し好きで、そのまま車室の入口に寄りかかり、話しはじめた。

「あなたのセーターはきれいで赤色が素晴らしい。よく似合います」と、女房はYさんに言ってもらう。大へん無邪気な老人だと、彼女は思った。老人は笑い顔になり、ほめられたお礼に彼女に向い「私はあなたが好きです。私はあなたを愛します。旦那さんは上でよく眠っているかね」と、おどけた動作をくり返してみせた。彼女は船中で退屈まぎれに折った紙ヅルがあったので「スパシーバ」と言って差し出すと、老人は「ツル」と言った。さらに「ソ連の映画で『鶴は翔んで行く』というのがあった」と言う。それを通訳したYさんは「日本では、その映画は『戦争と貞操』という題で公開されたのです」と、つけ加えた。老人は、しまいには、昔はこうこうであったが、革命後、すべての人民は豊かに仕合せになった、と、演説をはじめた。しかし、彼女はやはり老人を、無邪気で明るく、わるい感じがしない人物とみてとった。

彼女が、ハイライトを一本あげると、喜んで老車掌は吸った。女車掌が来て、用事の話を彼にささやいた。彼は、あいまいな返事をして、女車掌を追い返してしまい、まだ話し足りない様子であった。親友は絵葉書（日本の新幹線の見本）を一枚、彼に渡した。だんだん愉快になってきた老人は「よし、そのランプはハバロフスクへ着いてからでなく、明日の朝になったら、おれが直してやる」と、胸を張って言った。明日の朝には、もう灯りはいらないのに、と日本人たちは笑いあった。

今度は、別の東洋人らしい顔の車掌が来て「このトランクは中に入れて下さい」と、廊下に出し放しにしておいたトランクを指さす。東北なまりの日本語であった。「いま、寝巻を出したりしてからね、中へ入れますから。一寸待って下さい」と、彼女が言うと「ゆっくりでいいよ。ゆっくりで」と言った。そのひょろりとした車掌は、ほかの車室を回ってきてから、老車掌と一緒に車室の入口で立ち話をする。話を聞いていると、朝鮮の人らしい。血色がわるく、老人にくらべて暗い感じがした。

「横浜ナホトカ間の船が着くと、みなさん、この列車に乗る。ときどき困るよ。百人着くと知らせがきているから、その用意をしていると、三十人多かったり、またその反対に少なかったり。どういうんだろうかね」と言った。女房は、すぐさま「私は、この人、好きでない」と思った。カバフトにも東北にもいたことがあるらしい。中野の陸軍の学校にもいたことがある、と彼は言った。Yさんは「中野の学校？　ああ、スパイ学校だな」と、めんどう臭そうに言ったので、彼女はびっくりした。「そんなにはっきり言ってしまっていいのかな」と心配した。男の返事はあいまいであった。

男の細君はロシア女だという。「日本にいたときは、ずいぶん苦労したよ」と、つぶやくように言う。その辛かった実感が体つきや表情にもにじみでていて、彼女は気の毒がるより先に、何ともいえぬ暗さを感じた。「いまは生活は楽だね」と言いながら、立っているのがくたびれたのか、せまい車室の中に入り、腰かけてしまう。親友は彼の長話にいらいらしだす。やっとのことで室を出たので、親友と女房は、それぞれベッドに入り、Yさん一人がベッドの中で、これからの予定表、これまでの計算書など、いつまでもノートを続けた。

翌朝、くもり、やがて晴れてくる。汽車は走り続ける。黙って駅に停り、黙って発車する。汽笛もベルの響きもなく、駅名その他、拡声器でうるさく乗客に知らせることもない。その代り、うっかりホームに降りると、置いてきぼりをくうのである。親友が窓外の景色を眺めて「昨日と変っていないねえ。広いんだなあ」と感心している。「どこそこという、名所旧跡なんかじゃないのね。ぼおんやりしているところがいいなあ」と、ぼんやりしながら、女房が言う。樹という樹は、みんな白樺だから、いちいちおどろいてはいられない。

東京で会った、ソ連大使館付きの青年は「日本は景色がどんどん変って面白い。五分走ると、もう景色がちがっている」という意見だったが、われわれにとっては、変らない景色というものがめずらしくて、いつまで見ていても飽きない。原野というのか、湿原というのか、それとも原生林か。銭高老人の話によると、日本軍がシベリヤ出兵で、この辺りに侵入したときは、パルチザン農民軍は、どろどろの湿原地帯に隠れてしまうので、日本軍は追跡できなかったそうである。

食堂では、紅茶に添えられた、ロシアの角砂糖が固く結晶していて、なかなか溶けないことを女房が発見した。早目に紅茶茶碗の中に放りこんでおくと、しばらくたって溶けはじめる。左手で角砂糖をもち、かじりながら（紅茶にいれないで）右手で紅茶を飲むのが一番おいしい、ということも発明した。

食事中に列車は音もなく淋しい駅に停る。プラトークをかぶった老婆（もちろん肥っている）が、両手にバケツを提げ、長靴をはいて、ゆっくり駅を歩いている。郵便配達風の男も長靴をはいている。自転車に乗った少年、彼も長靴をはいている。緑の大樹、長靴をはいた農民たち。そんな風景が、かつて彼女の読んだロシア小説を思い出させたらしい。灰色の馬や、白と茶のまだらな牛。馬は樹の下の水のそばに、一頭だけ放されていて、あとは人影もない、原野。民家の窓ぶちにはペンキで模様が描いてある。路線には、いうまでもなく、踏切りやシグナルがある。その踏切りやシグナルは、童話風である。そこに待っているバスやトラックの車体は、戦争前にあったように、高く地面からはなれて、車輪の上に丸まっちい古くさい本体がのっかっている姿だ。

町に入ると、レーニンの絵看板があらわれる。そのレーニンは、レーニン帽をかぶり、汽車に向って敬礼している。またもや、原野がつづき、鳥がとんでいる。鳥たちは樹から樹へとぶといっても、次の樹があまり遠くて、一心にとびつづけているが、まるで広い空間を進まないで、はばたいているだけのように見える。電信柱が背が低いのは、低くてもさえぎるもののない原野に電線を通じているだけだから、差支えないのだろうか。黄色い花が咲いている。紫の野花菖蒲は盛りである。牛も沢山散らばっているが、原野が広いため、少数しかいないように見える。

車中から、のんびりと農村風景を眺めつづけている彼女は、日本の農村をあまり愛してはいない。戦争末期、横浜を焼けだされてから、山梨の山村に疎開した。彼女は、父が生前、買っておいた山中の鉱泉宿に、弟と二人で住んでいた。麓には、松根油を掘る兵隊も駐屯していた。食料を買出しするため、山を下りて農家へ行く。顔見知りの農家は、もとは鉱泉宿の留守番にきたこともあって、彼女にとっては使用人のようなものであった。しかし「お百姓さん有難う」という歌が都会の小学生によって合唱されたころで、農民は実力者と変っていた。農民は、都会の疎開者たちから、衣服や家具、その他、欲しいものなら何でも手に入れることができた。いままで、自分たちを馬鹿者扱いしていた都会者に、おらたちが畠のものを売ってやらなければ、てめえたちは食うことも、生きることも出来やしないんだ、と急に自信をとりもどした。

都会の焼けだされの程度が、どんなにひどいものであるか、理解できない農民は「シンガーのミシンないかね。ミシンは焼けたか。シンガーは焼けても使えるべえ」と、催促した。何も買いとるものがないと知ると、お百姓は態度を一変した。農民に命令されて、彼女は畠仕事の手伝いをした。麦畑を這いまわって一生けんめい働いても、「都会もんは何の役にも立たねえ」と罵られた。その代り、一食分はたすかった。そうすると、いくらかの、いもやそば粉も売ってくれてそれをかついで山の中の一軒家へ戻った。したがって彼女にとっては、樹木や農作物の匂いが、そのまま、みじめったらしい暗さとつながっている。「自然」が嫌いになったのは、それ以来である。私が、自然が好きだ、自然こそ人間の育ての親だ、と言いきかせても、彼女の自然嫌いはなおらなかった。

彼女は、そのように自然を憎んでいるはずであるが、泥いじりの花作りなどは上手である。地面にしゃがんで作業をするときも、腰つきがいいと、山小屋へ来た農民がほめる。富士山麓の高度では、とても育つはずがないという梅の苗木も、どうやら育て、梅の実もなった。それは、疎開先で、お百姓さんに叱られたり、こき使われたりしたためである。重い背負い荷物を苦にしないで歩きつづけるくせも、その時代のおかげである。

自然が好きだ、とか、自然を愛する、とかいう風流心は、自然を眺めるだけのゆとりがなければ、ゼロかマイナスか、まるで関係のないことなのである。ようやくにして、彼女にも、風流心の一片をせしめるゆとりができた。それは、彼女が善人を脱出して、悪人に転化するゆとりを、獲得したということになるのであろうか。ともかく、彼女が窓外に移りゆく異国の景色を眺め「広くていいなあ」と感心することが可能になったことだけは、まちがいない。「へん、当りまえのこっちゃないの」と、彼女は嘲笑っているが。

ハバロフスク着。まばゆいばかりに明るいホームには、ソ連の軍人、老人、少女、子供、主婦が、色とりどりの服装でたたずんでいる。駅前広場の、行く先別のバスに、それぞれ分れて乗りこむ。私たちのグループは「のこのこと出かけたりしないで、みんな集まっていましょう」と、相談してかたまっている。ホテル行きのバスに乗った。金髪、赤服の女が名前を呼びあげる。呼びあげられたら、片手をあげて「ヒヤア」といえばよい。

セントラルホテルに着く。ホテルの前は閑散とした広場。ホテルの建物は、卵の黄身のように濃いクリーム色である。ピンク色の室内に入ると、窓から丘が見え、丘には学校のような、アパートのような建物があり、なだらかな斜面には、緑の並木。人声は聞えない。WCの水洗の水も、浴室の水も茶色である。水差しの水もうす濁りである。

「部屋は、ピンクや薄緑や薄クリーム色や白のペンキが塗りこめられて、楽しげな大らかな古めかしい、無邪気な色気がある」と、彼女は記している。

バスに同乗したガイドは、崔さんとよぶ北鮮系の人である。マルクス通り、レーニン広場などを見て回って、中央博物館に行く。崔さんの説明に「極東干渉軍」という言葉がまじった。彼女は、干渉軍とはどこの国の軍隊か、と考えていると、博物館の中に陳列された戦場の絵が、ことごとく日本軍であることに気がついた。壁にかかげられたロシア英雄の肖像は、日本軍と白軍に惨殺された二十代の青年であった。セントラルホテル前の広場にも、日本軍が攻め入って戦ったとのこと。日の丸の旗に寄せ書きをしたものもかけてあるが、それは、よく見ると大正時代のものではなく、第二次大戦の際、日本兵士が肌身はなさず持っていた旗であった。銭高老人は感慨深げに「湿原で足をとられて、日本軍は難儀をしたんや。匪賊は攻められると、すぐ沼地を越えて丘に入りよった」と言った。

朝鮮女性の写真もかかげてあった。崔さんは「この人は優秀な人で、語学がよく出来、三ヵ国語をマスターしていたが、日本軍の内部事情をパルチザン側に通報されてはいけないので、日本軍に殺されました」と、得意気にしゃべった。親友は「極東干渉軍の記録が、この町にのこされていたら欲しいんだが」とたずねたが、崔さんは「現在、この町の人は気にしていませんよ。何ものこされていないのでしょ」と、慰めるように気をつかって答えた。

アムール河畔に行く。河幅は、すばらしく広い。河水は茶色に濁っている。快晴の河のほとりは、岸辺が白くみえるほど明るくて「アムール河の流血は」と歌われた殺気は、どこにも認められない。厳冬のころ、この河のどこかで、中ソ両軍が、雪と氷を蹴ちらして衝突したことはニュースで知らされていた。

噴水のあるプールでは、ロシアの子供たちが水着で遊びたわむれている。釣人やモーターボートの若者、遊覧船も航行している。日射しはつよくなるばかり。河に沿った堤に立って、彼女が眺め入っていると、水遊びをしていた女の子が五、六人駈けよってきた。天使のような顔つきの幼女もいた。「ヤポンカ？　ハバロフスクに一晩泊るの？　二晩泊るの？」とたずねるので、彼女は一本、指をだした。子供たちはしきりに足ぶみをしているので、船中で覚えた「寒い」という単語を用いて「ホーロドノ？」ときくと、首をふって「ジャールカ」と口々に答えた。暑い、という意味である。

下流はるか彼方の丘の上に、城のような建物が建っていた。「あれは何じゃい？」と銭高氏がきくと、崔さんは「何でもないです。ただの建物です」と答えたが、老人はまたもや「あれは何じゃい？」と、くり返して承知しようとしない。「ただの建物がありますかいな。ああいうところに建っているのは、城とか何とか、そういうもんじゃ。わしゃ、よう知っとる」と、うしろに手を組んで、不機嫌そうに歩いていた。彼は一同の速度に合わせ、小股で一心に歩いている。

彼は、いつでも水色の絹の手袋をはめている。B夫人の話によると「あの方は、奥様の手袋をお持ちになって、はめてらっしゃるのです」とのことである。彼は、ときどき立ちどまっては、首から吊した双眼鏡に眼をあてがって眺めている。

ハバロフスクは、坂の多い静かな町である。この町でも、古い家並みと、新しい団地建築の交替がはじまっていた。崔さんの話では、ここにも日本の相撲さんがきて、みんな大鵬などを見物に行ったそうだ。「お相撲は好きでしたか」と、相撲嫌いの彼女がきくと「この町の人はあまり好きでない。しかし、皆、まじめな人だから、皆、観に行ったね。日本映画の羅生門もきた」と言う。

女房は一人歩きが好きらしい。好きなところに歩いて行き、好きな場所にだけ長くいられることが、性分に合っている。私は、彼女と一緒の方が都合がいい。夕食後、彼女は一人だけ抜けだして、広場を散歩した。昼間でも少なかった人影は、どこかにのみこまれて、残った人々も、今にものみこまれそうに静かにしていた。花壇のそばのベンチに、三、四人ずつ休んでいるロシア人のうち、学生風の青年は、彼女が通りかかると、組んでいた足を揃えて席を空けてくれる。彼女はぼんやりと坐り、快感を味わって、しみじみとしている。

ロシア青年は「キタイ？」という単語をいれて、彼女に問いかけた。彼女が、日本人ですと答えると、青年は、しげしげと彼女をみつめた。「キノー、クロサワ、ラショーモン」と、話しかけてきたので「ラショーモン、クロサワ、ヤポンスキー、キノー」と答える。青年は、自分の頭髪に手をやり、髪をまん中からわける真似をし、彼女の顔をゆびさし、何ごとか不明だがうなずいている。彼女は、中央で髪をわけ、ひっつめにしているので、『羅生門』に出てくる若妻の髪の形と似ている、という意味と、彼女は解釈した。彼女がそこを離れて歩きだすと、ほかのベンチの男女が、その青年に近寄って、何かささやいていた。

私は昼の間、あすこを写せ、ここを写せ、と、ものめずらしいロシア風景の中に立って、命令していたが、すでに、その時刻にはいびきをかいて眠っていた。しかし、彼女のカメラにはフィルムが入っていなかった。

次の朝、朝食前に、彼女は一人で散歩にでた。フィルムなしで、シャッターをきっていたことが私に知られると叱られると考え、いそいで、レーニンの銅像などをもう一度写した。

銅像を眺めて、彼女の発見したことは、みればみるほど、レーニンと椎名麟三が似ていることであった。「椎名さんに似ているとすれば、レーニンはよほど偉い人にちがいない。その逆に、レーニンと似ているのだから、椎名さんはよほど偉い人にちがいない」と、思いついた彼女は、レーニンのブロマイドを買い、椎名氏の土産にすることを決心した。

ホテルの左手の坂道を下りて行こうとした彼女は、突然、背後でドカーンという大音響を聞いた。坂道を上ってきたジープが、ホテルの正面で、マルクス通りからきた、婦人運転の乗用車と出会いがしらに、側面衝突をしたのである。あたりには直る人も、まったく往来していない、ひっそりした広場で、何故衝突事故が起きたのか、彼女には分らなかった。ロシア婦人は、泣きべそ顔をして、ホテルに駈けこむ。電話でもかけるらしい。事故だからといって、駈けよってくる野次馬もいない。彼女だけが、立ち止って注目している。婦人は、しきりに話しかけるが（事故の状況を証言してくれとせがんでいるらしい）、ロシア語が話せないし、大音響がしてから、うしろをふり返ったので、どちらがわるいとも説明できないし、それでも彼女は手ぶり顔つきで、証言不可能の心持をあらわして「ニエ・パニマーヨ」と断わった。彼女はひたすら「ドカーン」という衝突音の表現だけしたのである。乗用車は前部のライトがとびちり、車体がへこんでいた。「この町では交通事故がありません」という、崔さんの言葉を聞いたばかりなのである。

坂の途中には、古い古い木造アパートがあった。あまり古いので、羽目板が苔色に緑がかっている。彼女は、陽が射しはじめた正面入口の景を、カメラに納めようと思った。横手の道具小屋から老人が出てくる。黙って写しては失礼と思い、Yさんに教わったとおり「モージナ、フォト」と言った。老人は「パジャールスタ」と言う。写し終るのを待ちうけて、老人は「どこから？」と言ったらしい。「私は日本人」「旅行者であるか」「テホトカ」と彼女が言い、汽車の走る真似をした。彼女はなおも愛想よく「ハバロフスク、ハラショー、オーチン、ハラショー」と言いながら、木造アパートを指さすので、老人はとび上るほど喜び、長長と詩でもそらんじているような調子で、歌うようにしゃべりだした。「ナロードナヤ」という単語が入ったので、われわれロシア民族のもの、あるいは民族芸術品であるぞ、と自慢しているのだ、と彼女は推察した。犬も近寄ってきたので、犬も写した。窓々からは、肥った主婦や子供がのぞきだし、老人は、その窓に向って、異国の女の説明をしている。

ホテル玄関の植込には、タンポポの綿毛とタンポポの花。アパートのまわりの草むらにもタンポポの花。ホテル食堂の朝食。目玉焼き、卵二個。パンとジュース。Yさんにすすめられて、彼女はスメタナ（二十二カペイク）をとった。ヨーグルトに似ているが、もっと濃くて、冷えていておいしかった。ヨーグルトを注文するときは「キフェーリ」といえばよろしい、とYさんが教える。彼女は、キフェーリ、キフェーリとくり返して頭の中に刻みこむ。

食卓を共にした崔さんの話。「ヨーグルトは、大へん栄養があり、肥らないから美容食である。わがソ連では心臓病で肥りすぎの人（婦人にことに多い）は、病院でやせるために、ヨーグルト専門の献立があり、その献立に従えば健康なまま、やせることができる」彼女の質問。「ヨーグルトがあるのに、ロシアの女の人が肥っているのは、ヨーグルトを食べていてもあの位で、食べなかったら、もっと肥るのですか」崔。「彼女たちの肥っているのは、黒パンと塩気のもののせいです。じゃがいもや白パンなら、ああは肥らないという説がある。彼女たちは、子供を生んだとたんに肥ります。

それからどんどん肥りつづける。だから、私は独身です」

　崔さんは、日本の繊維品の話をするのが好きであった。彼は、今日は昨日とはちがった、別の水色、模様織りのポロシャツを着ていた。「こういうのは、日本ではどのくらいしますか。これは、日本の友だちがお土産に持ってきてくれました」と、シャツの袖をつまみ上げるので、女房は「二千五百円くらいかな。三千円かな。三千五百円くらいかな。それは、物がとてもいい。日本でも安いのと高いのとあるから」と、いいまどっていると、彼は「こちらでは一万円以上ね」と明言した。

　朝食後、彼女に連れられて私は散歩した。広場を清掃している老婆は、金色に光る耳飾りをしていた。それがよく似合った。ベンチに坐ろうとすると、朝露でまだ濡れていた。ナイロンのリボンをお下げに結んだ少女。赤い首巻きのピオニールの少年が、母親や父親に連れられて、古めかしい小型トランクを提げて通る。突如として広場には、少年の乗るオートバイの一隊があらわれ、爆音をとどろかせて広場を一周し、そして突如として姿を消す。ホテルの左手の坂を下る。はちきれんばかりに、じゃが芋をつめた網袋を提げた主婦。古アパートに入って行く、集金人らしき制服の女。アパートから出て、共同水道へ水を汲みに行き、両手にバケツを提げて帰ってくる少年。

裏側のちっぽけな砂場で遊んでいる、赤ん坊と幼児。リラの花束を持って歩いている女。

坂を下りきると、バスを待ち合わせる空地では、ピオニールの少年少女がトランクを提げ、見送りの母親たちとバスの到着を待っている。母親は、女の子の髪のリボンを直してやっている。夏休みに入り、キャンプに出発するのだろうか。

アパートより、もっと古い家屋の入口に椅子を出し、腰を下して通行人をもの憂げに眺めている老婆は、ぜんそくらしい咳をしていた。その老婆にすれすれに、サイドカーの軍人が走って行く。広場の並木は、トプラ（ポプラではない）、泥柳が多い。ホテルに隣接したドルショップは、旅行者以外は買えない。私たちは独占的に客のいない店内で、羨ましそうに入口から中をのぞきこんでいる。ロシアの老婆や子供は、笛、絵葉書、切手、トランプ、ウォッカ一本を買う。ホテルの窓からは、丘の斜面で日光浴をして、できるだけのんびりと手足をのばして、寝転んでいる女や子供が見える。

食堂の奥の特別室に、関西の人々は揃って胸に鈴蘭をさしてあらわれる。鈴蘭売りの老婆は、売りたくもなさそうな顔つきで、石に腰かけていたのであるが。向い側のテーブルには、ウズベク人らしい褐色の肌の連中が坐り、壺に入れたギョーザ風のものを食べている。それを私たちも注文した。

ペリメニとよぶ、その品は、常滑焼につやが出たような壺に入り、メリケン粉をこねて焼いた蓋がしてある。

「メリケン粉の蓋や。この焦げ具合で中味の出来方がわかるんじゃ。この壺は見事じゃ、わしゃ、欲しい」と、銭高老人は機嫌よく言った。女房の向い側に坐った老人は「Bさんなどは、わしに遠慮して、ほんまのこと言わはりまへんが、Eさんは、わしにほんまのこと、言うてくれはります。よう、ほんまのこと言うてくれはります。ほんまのこっちゃ。ほんまのこっちゃ」と、口を寄せて言う。大阪では茶会も催すらしく「わしの作る句は面倒だから、しまいはいつも『茶の湯かな』とつけときます。句の先生が、あんたのは句ではなくて日記じゃといわれますがな」と、身上話をした。

ホテルを午後一時に出発、空港に着く。売店でウズベク帽子、刺繡のしてある帽子（八ドル）を買った。毛皮ショップでは、アメリカ婦人の団体が、キャッキャッと笑い声をたて、耳あてのついた帽子などかぶってみて騒いでいる。崔さんは売店の内側に入り、英語をつかって冗談を言いながら、どんどん毛皮の帽子をアメリカ婦人に手渡していた。売り子のロシア女は「ここに入ってはいけません。仕事の邪魔だ」といいたげに、腕と腰で崔さんをはじきだした。おそろしい腕力なので、崔さんの体はよろけたが、平気でアメリカ人の相手をしていた。

トイレへ行った女房は「便所にドアーも、しきりもない。丸出しよ」と報告したので、私は「そりゃあ、男便所とまちがえたんだよ。字が読めないんだからな」と、呆れ顔で注意したので、彼女はもう一度たしかめに行く。やはり彼女の入ったトイレの入口のドアーには、女の横顔が描いてあり、まちがいないこととなった。親友は「そういうところでも、堂々としなくてはいけない」と、うなずきながら女房に加勢した。

空港の食堂も待合所も暑かった。北京を非難したパンフレットが置いてある。飛行機の中も暑い。機内の食事は、女房の気に入ったらしく「いかにも、物を大切にしている国らしい。社会主義国で、みんなが一生懸命、輸入しないで働いて、頑張っているのだから、この国の食物は粗末に扱ってはいけないような気がする」と、日記には書いてある。彼女は砂糖が余ったので、あとで大切に食べることにした。銭高老人も、パンと砂糖をしまいこんだ。

空の上も快晴。高度が急に下り、バイカル湖が雲の下に見えてきた。高い山脈に囲まれた湖である。六時四十分、イルクーツク着。飛行機を降りると、さんさんと陽が照り輝いている。空港の待合所へ行くまで、植込みにはりんごのような小さな白い花が咲きつづいている。Yさんに注意されて、二時間時計をあと戻りさせる。待合所の中の売店は、土曜なので休みである。ロシア婆さんが椅子に腰かけたまま動こうとしない。店番のようにみえるけれども、売ってくれと頼む客があっても「土曜だから駄目」と、動こうとしない。

一つしかない女便所には、満員の行列で、廊下まで客がはみ出している。ドアーはあった。白い硬紙が折紙の大きさに切って棚にのせてある。トイレの洗面所の鏡は高いところについていて、彼女はおでこの部分しか写らなかった。跳び上っては髪をとかしていると、ロシア婦人たちは笑った。

待合所に備えつけられているバイカル湖の模型は、湖の深度や面積を示す仕掛で、スイッチを押すと灯りがつくらしい。しかし、土曜日なので、表示の豆電球は、どれもつかない。戸棚の上の水差しも空っぽである。彼女が戸棚の奥に水があるかと思い、把手をひっぱったら、把手が抜けた。明るい夕陽がゆっくりと広い空港を照らしだし、涼しい風が吹きわたってくる。

私たちは飛行機のタラップの前で、数分間待った。私たちより前から待っている陽やけして丈夫そうな人たちは、ソ連農協という感じの団体で、みんなひっそりと無口で並んでいた。私たちツーリストが、あとからきて先に乗りこんでも、土地の人は文句一つ言おうとはしない。スチュワーデスも、何もしゃべろうとはせず、機体は黙って動きだす。女房はスチュワーデスの配ってくる飴を、離陸前に食べてしまい、「これからは三、四個もらっておかなくちゃ」と思った。彼女の後の席のドイツ人の男の子は、熊のぬいぐるみを抱えていたが、離陸と着陸のさい、機体の上昇下降で気持がわるくなり、悲しそうな声を出して泣いた。

飛行場は、アスファルトがとろけるほど暑いが、飛行機が昇りきると寒くなる。銭高老人は背広の上からレインコートを着て、さらにB夫人の貸してくれたレインコートを膝にかけた。七時四十五分、ノボシビリスク空港着。Yさんの指示により、時計をまたもや戻す。次第に時間が分らなくなってきた。ノボシビリスクとモスクワでは、時計が四時間ちがっているそうだ。Bさんは時計を二つ持っていて、モスクワ時間と現地時間を両方たしかめているらしい。老人は待合所の窓から双眼鏡で眺め「この前、わしが来たときは、こんなもんじゃあなかった。こんなところへ大きな町造りよって、えらい国じゃあ、この国は」と、つぶやいている。「ロッシャは広い国じゃ。えらい国じゃ」というのが、老人の口癖である。

アメリカ人旅行団は、町のホテルに一泊するため、すでに待合室を出かけ、われわれとドイツ人夫婦とその子供二人がとり残された。何のために待たされているのか、分らないまま時間が過ぎてゆく。Yさんは係員との談判のため、かけずりまわっているらしい。もはや深夜である。旅行者用の食堂にも、ウェイトレスが一人残っているだけである。くたびれきった一同は、ジュース、ぶどう酒、コニャックを飲む。Yさんは、女の係員だけでは間に合わないので、その上役らしき大男をよびだして、ロシア語で忙しげに掛け合った。役人風の大男は、悠然として応対しているが、事態は一向に進行しない。私はゴーゴリの「検察官」の一幕を思いだした。アルマ・アタ行きの飛行機がないため、われわれは、ここにとめられているらしい。アルマ・アタに行けないとすれば、直接タシュケントに飛ぶより仕方がない。日本人同士が、いくら相談しあっても、役人に通じているものかどうか。私は、ソ連の粛清事件を扱った長篇に、アルマ・アタが舞台として出てくるので、どうしてもアルマ・アタに行きたかった（ドンブロフスキーの『古代保存官』である）。酒がきれたせいか、急に不機嫌になり、元気もなくなった。

老人は、機内でも行先を他国の旅行者に聞かれると「タシュケントじゃあ、タシュケント」と答えていたぐらいで、ノボシビリスク空港で待ちつづけている間も「何でタシュケントに行かんで、こんなところに居るんかい。わしゃ、タシュケントに行けばええんじゃ。飛行機がおりたとき、タシュケントにおりたのだとばかり思っとった」と言った。

待つことを苦にしない女房は、面白そうに旅行団の一人の説明に聞き入っていた。「ノボシビリスクというのは、ノボは新しい、シビリスクはシベリヤですから、新シベリヤという地名ですなあ」「新大阪みたいなもんやなあ」と、話しあっているのに気がついて、少し経ってから、気がぬけたように「ここ、シベリヤなんですか。はあ」と言った。一人が「ここ、シベリヤなんですかあ？　奥さん、ここ、どこだと思ってました？」と笑いだすと、彼女は「シベリヤだとは思っていませんでした」と答えた。

Yさんの悪戦苦闘のおかげで、空港内の宿舎に泊ることに決定した。大工業都市として発展しつつあるノボシビリスクであるが、提出した予定表に記載されていないので、空港外の散歩も許されない。

ベッド四台入った一室に落ちつき、私はさっさと寝てしまった。そのあと、女房は室内の描写など、くわしく日記につけている。おそらくこの宿泊所の内部に関して、これほどくわしく記してあるのは、スパイならともかく、日本人旅行者では例がないと断言できる。痰壺や蛇口、室内の構図など、さし絵までが描かれている。ドアーやベッドや窓やテーブルや戸棚やシーツ類の色彩も、舞台装置家が喜ぶほど、くまなく記されている。共同便所で聞いた音響も、タタタタタ（ハイヒールの靴音）、ドーン（ドアーをあける音）、つづいて、バタン、カチャ、シャー、ブーシャー、またもや、バタン、サー、タタタタタ、などなど。私は便所の話など書くつもりはないが、地元の人々の元気のいいのに感心した女房の記録に、感心するからである。

銭高老人は、ぼんやりと男便所の前で立ちすくみ「あきまへんわ」と、彼女に言った。彼女が体ごとぶつかってドアーを開けると、「ありがとう。御婦人にあけて頂いて恐縮ですわ。E君をよびにゆこうと思うてました」と礼を言った。私が寝入ってしまってから、親友が訪ねてきたので、私がアルマ・アタに行けずに意気阻喪している旨を告げると「彼は誰も行っていないところへ行ってきた、と日本に帰って自慢するタネがなくなったからだよ」と、彼女を安心させた。結局、彼女は三時間ほどしか眠れなかったらしい。

眼が覚めると、雀の声、窓から一面に陽光が射しこみ、爆音がひっきりなしにしていた。飛行場の裏側には、タンポポが咲きみだれ、白パンツ一枚のロシア青年が、足ぶみなどして体操している。水差しの水がなくなっているので、彼女は係りの女のころへもらいに行った。飲み水がないらしくて、彼女は奇妙なロシア語を使い、そのうちに係りは、一人二人三人と四人ほどになり、さかんにしゃべりあったあげく、電熱器の上の煮えたぎっているやかんから、水差しが持てないくらいの熱湯をついでもらって、ようやく帰ってきた。

空港内を散歩して、くわえ煙草をして叱られる。酒は売っていなかった。銭高老人は、今日も朝早く起きて、一人でぶらぶら歩きしたそうだ。暑い陽がかんかんと照りつける中で、空港建物のそばの共同水道から、水を小さな入れものに受けて、自動車のラジエーターに水をそそいでいた。水道から車のとめてあるところまでは、かなり距離があり、容器からはぽたぽたと水が洩っていた。ロシア人運転手は、ぽたぽた水をたらしながら、日照りの下を何回も往復し、ラジエーターに水をそそぐ。「気の長い話じゃ。たいしたもんじゃ、この国は」と、見物してきた有様を、みんなに説明して聞かせるが、老人の発音にききとりにくいところがある上に、暑さにうだってぼんやりしていた一同は「四十年前は、そんなでしたかねえ」と、合づちをうつと、「今じゃがなあ。わしゃ、散歩しとって見たんじゃがなあ。今の話じゃあ」と、がっかりしたように言った。B氏は「銭高さんの話しぶりは、昔のことのように言われますから、てっきり、昔のことや思うて聞いとりましたがな」と、すまなさそうに言った。老人は、ときどき、他人には無関係に「ああーッ。おもしろ。ああー、おもしろい」と、面白がり、うしろに手を組んで歩きながらも「ああーッ。おもしろ」とつぶやいているのが、女房には何ともいえず面白かったらしい。

離陸して二十分ほど経って、大きな運河（河ではないという）が見えた。泥んこの、こてこての砂漠もどきの地帯も見えた。定規をあててひいたような、直線の道も見えた。十二時過ぎに、右の窓側がざわめいた。コバルト色の不思議な、毒のような色の湖が見えた。「バルハシ」と、さわぐ声が聞え、飛行機の真下にも湖が広がっている。

われわれ夫婦の坐っている左側の窓に、雪の大山脈があらわれた。三重にも四重にも、はるか彼方にも山脈の波がある。みんな、右側の窓から左側の窓に移ってきて、地図をひろげ「天山山脈の東の端のあたりだろう」と教えてくれる。「この山脈の向う側がタクラマカン砂漠でしょう」とも、教えてくれたが、窓ガラスに額をくっつけて、のぞいている天空には、雲一つ浮んでいない。さえぎるものない、大快晴である。

天山山脈は、見えつづけている。「まばたき一つしても惜しい」と、彼女は思った。何も音がしないのに、大交響楽がとどろいているようである。山々は、頂きに白い雪をのせて、ゆっくりと少しずつ回るように動いてゆく。とめどもない山景は、地球のさざ波となって広がってゆく。山の彼方に山があり、末は霞んで見えなくなっている。山脈の連なりは、きれたと思うと、またあらわれる。山岳と呼ぶだけでは足りない。サンガクガクガク……である。どこかに、ヒマラヤの山脈が見えているのかもしれない。それでも天山山脈は、まだその巨体のはじっこの方だけ、のぞかせたにすぎない。しんしんと沁みわたるような沈黙。煮えたぎったタマが宇宙になげだされ、いつしか冷えてゆく過程で、とんでもない地殻の皺が出来てしまったものだ。とっくの昔に、いやおうなしに出来あがってしまった凸起部が、いまだに人類を寄せつけず、気候の変化などに関わりなく、眠ったように固まっているのだ。

向いの席のロシア水兵は、二人とも東洋系らしい。色あくまで黒く、眼光は鋭く、黒い髪を短く刈り、ジンギスカンの末裔の如くである。日露戦争の絵画の日本水兵に、服装も顔もそっくりである。彼らは、われわれの手にした地図をのぞきこみ「東京に行ったこともあるよ。それから、この辺で泳いだこともあるよ」と、紙の上の日本近海を指さした。

十二時三十分、アルマ・アタ着。空港外には出られないので、機内に荷物を置いたまま降りる。一時間ほど休んで、また飛びたつ予定である。気が遠くなるほどの静けさの中に、空港には真昼の太陽が漲り溢れている。青い山すそが空港にせまっている。せまっているといっても、町と同様、はるかに後ずさって、遠くから客を迎えている。

こじんまりした休憩室は、二階建で、回廊をめぐらしたバルコニーなど、回教風で美しい。唐草模様の彫刻もある。二階の食堂で、昼食。彼女が洗面所に行くと、裾まである黒ビロードの服を着た老婆が立っていた。頭には同じ布をかぶり、赤と緑の花模様の布を胸のあたりにのぞかせている。歩くのがやっとぐらい衰弱しきって、孫娘らしい少女に手を洗わせてもらっていた。老婆は彼女を眺め、びっくりして、急に生き返ったように、彼女をしげしげと見つめた。ほかの二人の少女は「旅行者か？　どこの国の人か？」と、番を待っている彼女に、小さい静かな声でたずねた。「日本人だ」と答えると、二人の少女はうなずいて、二つある便所の片方を指して、先へ入れ、とゆずってくれた。老婆も少女たちも、白人ではなく、眼も髪も黒い、東洋系の顔だちであった。彼女がドアーをあけようとするが、かたくて開かないので、二人の少女が手伝い、三人がかりでドアーをあけると、急に開いたので、三人は重なり合って壁にぶちあたってしまう。用を足して出ようとすると、ドアーは、また開かないので、ドンドンと中から叩いた。待ちうけていた少女たちが、外側からひっぱってくれたため、彼女は勢いよくとびだして、またもや壁にぶつかった。少女たちは、そばに寄って彼女をよくよく観察し、廊下へ出てふり返ると、手を振って送ってくれた。

外部は灼けつくような酷暑であるが、内部は、ひんやりする涼しさで、食卓にはしい、いやくやくの花がいけてあった。棚には見事なカットグラス、バルコニーの手すりには朝顔の花が咲いている。前庭には、桜んぼの実がなり、赤くきらきら光っている。日覆いのついたベンチには、人々が無言で休んでいる。「宝石のようなところ」と、彼女は感じた。そして、棚の署名帳に「東京より、武田百合子」と書き記して嬉しがった。ほかの者は、誰も記入しなかったが。

一階に備えつけてある絵葉書の自動販売機で、彼女は買い方が分らないので、その前に立ちすくんでいた。そばにいた老婆が、何かしゃべって教えてくれようとしているらしい。5と書いてあるので、うっかり「ゴカペイク？」と、日本語できくと、老婆もつりこまれて「ダー、ダー、ゴカペイク」と言った。絵葉書が一枚出てきて、彼女が「スパシーバ」と言うのを聞きとって、安心して立ち去った。

空港の柵にもたれて、放心したような土地の女が、ペルシャ美姫のようにあでやかな顔立ちをしているのに、彼女はうっとりとみとれた。「美姫」は赤ん坊をつれていた。飛行場は、くしゃみが出るほど暑い。暑さと静けさがかたまりあって溶け入っているようだ。飛行機には、地元民族らしき、新しい一群がのりこんだ。男は黒と白のウズベク帽子。老女は紫の裾長の服に、白い布をかぶり、三つ編みのお下げを垂らしている。娘たちは、はちきれんばかりな荷物を布にくるみ、紐をかけて抱えたり、網袋に丸くふくれた品物をつめこんで両手に提げたりしていた。原住民風の、ナマの活気に充ちた一団が加わったので、B氏は「いよいよ、これからが、この旅の正念場になりますなあ」と言った。なかなか飛びたたないので、機内はゆだるような暑さで、銭高老人は「アッアッアッアッ」と、歌のようにつぶやいていた。

何ら、特殊な必要は認められないのに、招かれざる日本人旅行者たる私が、何故それほどアルマ・アタに魅惑されねばならなかったのか。それは「古代保存官」として、この地に派遣されたモスクワ人、ドンブロフスキー氏にとっても、忘れられない印象を与えた土地であった。工藤幸雄氏の訳によって、長篇の第一部から、彼の文章を引用してみよう。


「初めて私があのただならぬ都会――世界中のどの都会とも似ても似つかぬ街を見たのは一九三三年のことであった。私はあのときの驚きの印象を忘れない。――

モスクワを立ったのは雪どけのころで、雨雲のたれこめる、暖い日だった。

(中略)ところが、ひとたびこちらへ着くと私はにわかに南国の夏のただなかに置かれることになった。すべてが花咲いていた、咲くはずのないものまでが――崩れた土塀(雑草はそこから降って湧いたように生えている)、家々の壁、屋根、黄色いウキクサをいちめんに浮かせた溜り水、歩道から、車道まで咲いていた。停車場から街までは乗り物で来たのだが、街にはいってからは歩かねばならなかった。だがアルマ・アタは眠っていた、道を尋ねようにも人影はない、私は当てずっぽに歩きだした。ともかく歩くことだ、突っ立っているよりはましだろう、そんな気分だった。私はずんずん歩きつづけた——三キロも歩いただろうか、気づいてみると、私は一周りして同じ所へもどっているのだった。困るのは、目じるしになるものがまるでないことである。どれもそっくり同じなのだ——土で固めた塀、その向うにこれも土の家がきちんと立っている、白いのはめったになく、たいていは空色や緑色に塗られている（のちに知ったことだが、こちらでは白の塗料に硫酸塩をまぜるのが普通である）、かと思うと、シベリヤ風の頑丈な丸木小屋（イズバー）もある。板造りの鎧戸には錠は使わず黒い閂（かんぬき）をかけたままである。ところどころに労働者用のバラックがある、黄色い二階建ての建物は鉄道建設関係の宿舎で、階段、バルコニー、ガラス張りのテラス——どれも規格どおりに作られている（トルケスタン——シベリヤ鉄道、いわゆるトルクシブの完成直後だった）。そうしてこうした家々がすべて、屋根の高さまですっぽりと庭にのみこまれ、沈みこんでいる。庭はそこらじゅうにある。車道にまではみ出した庭さえみかけた——花壇、芝生、セメント製の小さな噴水。きいろのチューリップ、赤や青のケシの花、そのなかで、濃い赤というか、赤紫というか、珍しい花もあった。」

「またその先で、やはり車道まではみ出して、私を迎えてくれたのは白花のアカシアの木立ちだった。何げなく私は通りの角を曲がった——と突然、私を出迎えて駈けだしてきたのが、背の高い、ほっそりした、しなやかな枝をくねらせたアカシヤの一家族であった。『東方の踊り子たち』——ふと私は思った。実際、ウルシをかけたような赤い棘、真珠貝色の耳飾り（どうみても貝殻に似ている）、白い花の房（それは花嫁のかぶるヴェールにそっくりだ）、あの世に稀なしなやかさ——すべてが踊る乙女らを思わせた。」

さらに、ドンブロフスキーは、樹齢百年をこすポプラ並木について、特産のりんごアポルトのすばらしさについて、博物館の地下室と物置について、保存された獣骨や人骨について、軍人出身の博物館長について、自信まんまんの大衆工作員について、発掘物を持ち込んでくる附近の住民について語る。そして、どんな平凡な、どんな小さな行為の中にも、スパイ事件を探りだそうとするＮＫＶＤ（エヌ・カー・ヴェー・デー）（内務人民委員部）の不気味な眼と手が、いつのまにか彼の周辺に這い寄っている。見えざる警察機構にとっては、人民の間に潜伏しているかもしれない「スパイ」たちが、同様に「見えない」ことが不気味なのである。探りだそうとするものがいる以上、どうしても、探りだされるものが存在しなければならぬ。それは、発見され、そして、闇から闇へ消え失せてしまう。

苦労なさそうな日本作家の気ままな散歩が、案外、曲りくねった目的のある散歩とみなされることだってあり得るのだ。日本の文学者だって、いつ粛清されるか、先のことは何も分らないで歩いているにすぎない。その証拠に、ドンブロフスキーは書き記している。

「なにしろカザフ文学界の有名人の多くがやぶから棒に敵と判明した——ある者はスパイであると暴露され、ある者はドイツのスパイ網の手先であると自白し、ある者は捜査の結果、カザフスタンをソビエト連邦から引きはなし、日本のためをはかる策謀を進めていたと摘発された。この三人目については、特にもう少し補足しておきたい。彼の上に落ちた雷はまったくの青天の霹靂であった。共和国の各地で彼のために記念祝賀の行事があり、宴会やパーティーが催され、演説がひびきわたったばかりだったのだ。しかも、この作家の写真とか、略歴の出ているパンフレットなどはまだ街頭の売店（キオスク）に売りに出されておらず、また中学校では学校に飾るための彼のポートレートの支払いがまだ終わっていないところであった——それが、とつぜん、人民の敵と判明したのである。この人物は作家として最長老であったばかりでない。その上に革命家であり、政府の一員であり、カザフスタンのソビエト政権樹立の功労者であった。」

ドンブロフスキー自身は、一九三二年、モスクワで逮捕され、カザフスタンに追放された。一九六六年に『古代保存官』は「ソビエト作家」出版所から刊行された。彼のアルマ・アタ滞在中は、ヒットラーの名はヨーロッパ全土に危険な予感をみなぎらせていたが、まだ独ソ戦は開始されていなかった。ソ連が、ドイツ軍の侵略を警戒したことは、あとになってみれば正しかったにはちがいないが、消え去った人々の不幸な運命は、とり返しがつかないのである。

アルマ・アタには、しばしばの大震災を耐えた木造建築物、とりわけ、聖ワシリイ寺院がある。彼は、一方では悠久を思わせる様々な建造物と、もっと古い諸民族の残した遺物に親しみ、一方では、あまりにも生なましいスターリン時代の悲劇をみつづけていたわけである。彼が、アルマ・アタの広々とした静かな自然に愛著したのは、自然の美や豊かさとは無関係に進行してゆく、人間劇のむごたらしさを嘆いたからであろう。

悠久。人類のたどった、とてつもなく古い歴史。一瞬の感情など呑みこんでしまう、おそるべき過去。厳として存在する、永く永くつながる、忘れかかった記憶。それのみが「現実」のややこしさに目のくらんだ我々にとって、救いなのであろうか。わがままな異国の散歩者が、あこがれの土地に立ち寄れなかったことについて、とやかく不満をのべたてることなど、何の意義があろうか。

地球上には、安全を保証された散歩など、どこにもない。ただ、安全そうな場所へ、安全らしき場所からふらふらと足を運ぶにすぎない。

巻末エッセイ

丈夫な女房はありがたい

武田泰淳

女性というものは、「君は丈夫だよ」とほめられると喜ばない。むしろ、ふきげんになる。どうも、そうらしい。男性にとっては、自分と生活を共にする女性が丈夫であってくれれば、楽しいくらしができる。丈夫なほど助かるから、感謝の思いをこめて「丈夫だなあ」と言うのであるが、ぼくの妻は、この批評を「お前は丈夫のほかに能がない」という意味にとって、怒るのである。

「キューピイ」というアダ名をつけたら、彼女にはそれが気に入らなかった。今はあまり流行しないが、セルロイド製のキューピイは、目がパッチリして、いかにも丈夫そうになめらかに光っているから、かなり割増しした良い形容として使ったつもりであった。だが、キューピイさんと呼ばれるのを、ひどくきらう。どうしてきらうのか、どうしても理解できない。

また「牛魔大王」というアダ名をつけたこともある。あの有名な「西遊記」には、金角大王や銀角大王が出てくる。あれらの強力な怪物はユーモアであって、好きであったし、彼女がウシ年であるから、そう名づけたのである。強力であるということは、美点である。欠点であるはずがない。美点をえらんで、うまく面白く工夫した呼び名なのに、彼女が反対するのは、やはり「無類に丈夫」という要素が濃すぎるからなのだ。

西洋人の夫は、妻を「ハニー」と呼ぶことがあるらしい。蜜の如く甘い言い方だ。買物を備えつけの容器に自分で入れて勘定係に持って行く食料マーケットで、七十歳ぐらいの白人の夫が、同年配の白人の妻をそう呼んでいた。小学生の子供は「あの人、ハニーって名前なの？」と私にたずねた。地球最後の日が来たって、ぼくらは、そんな呼び方はできそうにない。

いつかテレビで女優さんの対談を見たら、自分の夫を平気で「ダーリン」と呼んでいるので、ひとごとながら髪の毛が逆立ちそうな恥ずかしさを感じた。英語とも日本語とも、サッカリンともズルチンともつかぬダーリンなんて言われたら、家出でもしたくなるだろう。まだしも「焼豚ちゃん。あなたが女だったら可愛がってくれる人なんか、だれもいないわよ」と言われた方がましである。

少し前に「えんがちょ」という妙な日本語が流行し、町の子供たちは「えんがちょ、えんがちょ」と騒いでいた。次に「えげつ」も流行した。「えげつ」は「えげつない」の略語か、とにかく両方とも「キタナイ」「イヤラシイ」の意をあらわすらしい。流行語としては、新しがったり大げさぶったりしないで、親しみがあった。

そこで「キューピイ」でも効き目がないときは、「キューピイえんがちょ」と呼ぶことにした。そうすると相手は復讐のため、こちらを「えげつポパイ」と呼んだ。呼び名、アダ名はいくら製作しようと、カネがかからないのだから、そうやって楽しんで（あるいは苦しんで）いればよいのである。

「するするやるか」と、女房がきくことがある。「するする」とは「するする書くこと」。つまり、口述筆記の「略語」である。するするやれば、それだけ原稿料が入るのを助けることになるから、彼女としてはスルスルやりたいわけだ。

考えるのと字を書くのと両方やるよりは、考えるだけの方が私としても楽だし、敷きっぱなしのふとんに、腹ばいになっていてもさしつかえない。漱石の「虞美人草」

を「愚美人草」と書かれたりして困ることもあり、美しい女性（もちろん彼女でない）の出てくる場面を筆記させるのも気の毒だが、ぼくの書いた字より読みやすいことはたしかだ。

欲ばりでオカネ好きだから、スルスルやりたがるのだとしても、頼んでいやがられるより、自発的に勇みたってくれた方がよい。上着の内ポケットからお札をとり出し、二枚にするか三枚にするか、わざとじらしておいて渡すときの快感も、欲ばりのオカネ好きが顔一面にあらわれていて、もらうとたちまち破顔一笑してくれるから倍加するのだ。

もしも無欲でオカネぎらい（そんな女性がいるとは信じられぬが）だったら、全くつまらない。渡すと言っても、こっちもケチだから、手にとどくように渡さないで、投げすてるように、風に散る木の葉みたいにして渡す。すると心を見ぬいたように「くれるのがイヤなもんだから」と冷笑して拾っている。

上林暁さんは精神病院で、田宮虎彦さんはガンで奥さんを失われた。そして、亡き愛妻の想い出をつづって、文学史に残る傑作を生んだ。たしか二人とも、今だに独身をつづけていられる。傑作を生むのは作者の本懐だとしても、私は悪妻でも何でもいいから、丈夫で生きてさえいてくれれば、それでいいと思っている。

「私が死んだら、すぐもらうね。もらうにきまってるわ」とつぶやきながら、永久に死にそうもない食欲で食べているのをながめていると、私は「一人もらったのだってめんどうくさいのに、二人も三人ももらえるもんか」と考えている。

「家から外へ出たら、すぐ私のいること忘れちまうからね」という意見は、正しい。三回の外国旅行で、一通も家へ手紙を出したことがないからだ。しかし、銀行、郵便局、税務署、アパートや自動車や土地の会社、学校その他、渉外関係はすべて私のタッチできないことだから、家にいるかぎり彼女の丈夫さにひたすら感謝している。むやみにけんかするのも女の方だから、夫はだまって紳士然としていれば、すむのである。

心配なのは、交通事故。死ぬならコレだと、占師の予言が彼女に対してあった。このあいだもパンクで、ガケからおちそうになった。夜ねむくなると、突進してくる車のライトめがけ走って行き、一秒の何分の一かですりぬけている。丈夫なことは、危険なことでもある。だが、やはり丈夫なことはありがたいことである。


（『朝日新聞』一九六四年十二月二十日）

特別付録　野間文芸賞選評（抄）・受賞の言葉

第二十九回野間文芸賞（昭和五十一年度〈一九七六〉）は、武田泰淳『目まいのする散歩』、三浦哲郎『拳銃と十五の短篇』の二作が受賞した。選考委員は、石坂洋次郎、井上靖、大岡昇平、川口松太郎、中島健蔵、中村光夫、丹羽文雄、平野謙、安岡章太郎の各氏。そのうち、大岡、中村、安岡の三氏の選評と百合子夫人の「受賞の言葉」を収録する。

選評

大岡昇平

今回は武田泰淳「目まいのする散歩」が、ずば抜けてすぐれている、へんなすご味がある、という評価において、ほぼ全員一致であった。しかし候補作リストが出来た後で、作者が急死してしまったので、物故作家に授賞すべきかどうか、という新しい問題が生じた。野間賞として例がないので、二回目の委員会においても改めて検討されたが、結局、それが作者の生前の出版で、選考該当期間に出版されていればよい、ということになって、授賞がきまった。

この作品がこれほどすぐれていなかったら、そうはならなかったかも知れない。「目まいのする散歩」には、自己と外界が、この作家独特の複眼によって捉えられ、腹話術の二重性をもって語られている。その異様さは日本文学に例のないものといってよい。

しかし物故作家の作品だけでは淋しい。武田は仏籍にあったし、死んだ後まで、若い作家を押しのけて授賞するのは、本意ではないような気が、私はした。三浦哲郎氏の「拳銃と十五の短篇」と併せての授賞に賛成であった。

三浦氏の作品は連作としてまとまっている。すでに作り上げた作風から抜け出そうという努力において、私には最も好意が持てた。

選評　中村光夫

候補作のなかでは、武田泰淳氏の随筆「目まいのする散歩」が出色でした。武田氏は僕らの旧い友人であり、殊に選考の直前に亡くなられたといふ事情もあるので、私情が働くのかと反省して見ましたが、さういふ事情をぬきにしてもすぐれてゐました。

死を前にした人の文章に独特の清澄な輝きがますます目につくだけです。

武田氏がここで選んだ「散歩」の場所は東京で一番田舎くさいところです。東京在住の者などほとんど誰も行かないところで、集るのは地方出の善男善女ばかりです。いつ「目まい」をおこすかわからぬ病気にとりつかれてゐる彼は彼らに打ちまじつて鳩に餌をやつたり、ソフトクリームをなめたりするのが心の安らぎなので、「貧しさの幸」をこれほど美しく、また哀れに描いた随筆は他に比類がないでせう。

三浦哲郎氏の「拳銃と十五の短篇」も本格的な短篇で、作者のおちつきが、ひとつの安定した世界をつくりだしてゐます。ただ難を云へば少しおちつき払ひすぎて古風なこと、メルヘン風の語り口に作者がまず酔つてゐるやうに見えること等ですが、当代稀に見る清澄な芸術は珍重すべきでせう。

二つの作品集

安岡章太郎

作品集「目まいのする散歩」は、武田泰淳氏の文学的生涯のなかでも、最も完成された仕事の一つであろう。この本の最初に、富士山に背を向けて座禅を組むところが出てくるのは、とくに意識して書かれた跡が見えないだけに、かえって象徴的である。《座禅に対しては、わざとらしくて一種の抵抗を感したが》という何でもないような極く短い言葉のなかにも、そのことは感じられる。死がどんなものであるかは、誰にとっても予知し難いところであるが、座禅を組みながら、目まいを覚えながら、その予知し難いものを一生懸命飼いならして行く手続きのようなものが、じつに他人事ならぬ深刻な興味をそそるのである。

それにしても、この作品の受賞者が、いまここに居ないということは、何と淋しい気のすることであろう。

「拳銃と十五の短篇」は、これもまた全体が或る予知し難いものを、自分の父親や母親を通じてであるが、目の前に据えて見つめている。ここでは、それは《父さんのぺ、す、と、る》というものであるが、黄ばんだ新聞紙に無造作に包まれたまま、家の何処かにしまい忘れられているそのもの、は、作者の三浦哲郎氏の文学的出発の最初から、一貫して文章の真ン中に居据っている。これが「目まいのする散歩」と同時に授賞したことを喜びたい。

受賞の言葉

武田百合子

十一月二十二日が武田の七七日、忌明けです。忌明けま近かの日に受賞のお知らせを頂きました。武田は、いま、きっと、とても喜んでいると思います。元気でいましたら、こんなときは、私と娘に一万円札を一枚ずつくれ「晩は鰻とってたべよう」というのです。

五年前、脳血栓を患いましてからしばらくの間は、何にもせず休養の明け暮れでした。そして、体力と気力と脳の働きを危ぶみながら、手探りのようにしてしはじめましたのが、この仕事でした。「改行。カギカッコして――」口述のときの低い乾いた声を、ついさっきまで聞いていたような気がします。いつのまにか書きたまって一冊の本になりましたとき「していなくては駄目なんだなあ。していれば一冊の本になることもあるなあ」と、両手で出来上った本を持って、嬉しそうに、はずかしそうに、自戒するかのように洩らしました。今年の六月頃のことです。

この仕事をはじめますときの大きな支えと力になって下さいました近藤信行さん、連載や休載の自由、原稿枚数の多少など、わがままを快くいれて下さり、武田の体を気遣って下さいました『海』の編輯部、本を作って下さいました皆様に御礼申し上げます。選者の諸先生方はじめ、連載中、ときおり声をかけて励まし続けて下さいました友人、知人、読者の皆様に御礼申し上げます。ありがとう存じました。武田に代りまして。

（『群像』一九七七年一月号）

初出

『海』（中央公論社）一九七四年九月号〜一九七五年四月号

単行本一九七六年六月　中央公論社刊

文庫　一九七八年五月　中公文庫

本書について

・本書は、中公文庫版『目まいのする散歩』（十四刷、二〇一六年九月刊）を底本とし、関連作品を増補して改版したものである。
・明らかに誤植と思われる箇所は、『武田泰淳全集』第十八巻（一九七九年七月、筑摩書房）を参照し、著作権継承者の諒解を得てあらためた。
・本文中に、現代では不適切と考えられる語句や表現が見られるが、著者が他界していることや当時の時代背景、また作品の価値を考慮して、そのままとした。

中公文庫

目(め)まいのする散歩(さんぽ)

1978年5月10日　初版発行
2018年9月25日　改版発行

著　者　武田泰淳(たけだたいじゅん)

発行者　松田陽三

発行所　中央公論新社
〒100-8152　東京都千代田区大手町1-7-1
電話　販売 03-5299-1730　編集 03-5299-1890
URL http://www.chuko.co.jp/

DTP　ハンズ・ミケ
印　刷　三晃印刷
製　本　小泉製本

Published by CHUOKORON-SHINSHA, INC.
Printed in Japan　ISBN978-4-12-206637-3 C1195

中公文庫既刊より

た-13-5　十三妹（シイサンメイ）　武田泰淳

強くて美貌でしっかり者。女賊として名を轟かせた十三妹は、良家の奥方に落ち着いたはずだったが……中国古典に取材した痛快新聞小説。〈解説〉田中芳樹

204020-5

た-13-6　ニセ札つかいの手記　武田泰淳異色短篇集　武田泰淳

表題作のほか「白昼の通り魔」「空間の犯罪」など、独特のユーモアと視覚に支えられた七作を収録。戦後文学の旗手、再発見につながる短篇集。

205683-1

た-13-7　淫女と豪傑　武田泰淳中国小説集　武田泰淳

中国古典への耽溺、大陸風景への深い愛着から生まれた、血と官能に満ちた淫女・豪傑の物語。評論一篇を含む九作を収録。〈解説〉高崎俊夫

205744-9

た-15-4　犬が星見た　ロシア旅行　武田百合子

生涯最後の旅を予感した夫武田泰淳とその友竹内好に同行し、旅中の出来事や風物を生き生きと捉え克明に描く。読売文学賞受賞作。〈解説〉色川武大

200894-6

た-15-5　日日雑記　武田百合子

天性の無垢な芸術者が、身辺の出来事や日日の想いを、時には繊細な感性で、時には大胆な発想で、心の赴くままに綴ったエッセイ集。〈解説〉巖谷國士

202796-1

た-15-6　富士日記（上）　武田百合子

夫泰淳と過ごした富士山麓での十三年間の日々を、澄明な目と天性の無垢な心で克明にとらえ天衣無縫な文体でうつし出した日記文学の傑作。田村俊子賞受賞作。

202841-8

た-15-7　富士日記（中）　武田百合子

天性の芸術者である著者が、一瞬一瞬の生を特異な感性でとらえ、また昭和期を代表する質実な生活をあますところなく克明に記録した日記文学の傑作。

202854-8

各書目の下段の数字はISBNコードです。978-4-12が省略してあります。

た-15-8
富士日記（下）
武田百合子
夫武田泰淳の取材旅行に同行したり口述筆記をする傍ら、特異の発想と表現の絶妙なハーモニーで暮らしの中の生を鮮明に浮き彫りにする。〈解説〉水上 勉
202873-9

た-80-1
犬の足あと 猫のひげ
武田 花
天気のいい日は撮影旅行に。出かけた先ででくわした奇妙な出来事、好きな風景、そして思い出すことどもを自在に綴る撮影日記。写真二十余点も収録。
205285-7

あ-69-1
追悼の達人
嵐山光三郎
情死した有島武郎に送られた追悼は？ 三島由紀夫の死に同時代の知識人はどう反応したか。作家49人に寄せられた追悼を手がかりに彼らの人生を照射する。
205432-5

あ-69-2
西行と清盛
嵐山光三郎
歌に生きた西行、権力に生きた清盛。二人は北面の武士で同い年の同僚だった。歌を介し生涯交わり続けた、同じ花弁の裏表のような二人を描く時代小説。
205629-9

あ-69-3
桃仙人 小説 深沢七郎
嵐山光三郎
「深沢さんはアクマのようにすてきな人でした」。斬り捨てられる恐怖と背中合わせの、甘美でひりひりした関係を通して、稀有な作家の素顔を描く。
205747-0

あ-84-1
女体についての八篇 晩菊
安野モヨコ選・画
太宰治／岡本かの子／森茉莉他
はたかれる頬、蚤が戯れる乳房、老人を踏む足、不老の童女……文豪たちが「女体」を讃える珠玉の短篇に、安野モヨコが挿画で命を吹きこんだ贅沢な一冊。
206243-6

い-38-3
珍品堂主人 増補新版
井伏鱒二
風変わりな品物を掘り出す骨董屋・珍品堂を中心に善意と奸計が織りなす人間模様を鮮やかに描く。関連エッセイを増補した決定版。〈巻末エッセイ〉白洲正子
206524-6

い-38-4
太宰治
井伏鱒二
師として友として太宰治と親しくつきあった井伏鱒二。二十年ちかくにわたる交遊の思い出や作品解説など太宰に関する文章を精選集成。〈あとがき〉小沼 丹
206607-6

各書目の下段の数字はISBNコードです。978-4-12が省略してあります。

い-42-3 いずれ我が身も 色川武大
歳にふさわしい格好をしてみるかと思っても、長年にわたって磨き込んだみっともなさは変えられない――永遠の〈不良少年〉が博打を友を語るエッセイ集。
204342-8

い-42-4 私の旧約聖書 色川武大
中学時代に偶然読んだ旧約聖書で人間の叡智への怖れを知った……。人生のはずれ者を自認する著者が、旧約と関わり続けた生涯を綴る。〈解説〉吉本隆明
206365-5

う-9-4 御馳走帖 内田百閒(ひゃっけん)
朝はミルク、昼はもり蕎麦、夜は山海の珍味に舌鼓をうつ百閒先生の、窮乏時代から知友との会食まで食味の楽しみを綴った名随筆。〈解説〉平山三郎
202693-3

う-9-5 ノラや 内田百閒
ある日行方知れずになった野良猫の子ノラと居つきながらも病死したクルツ。二匹の愛猫にまつわる愛情と機知とに満ちた連作14篇。〈解説〉平山三郎
202784-8

う-9-6 一病息災 内田百閒
持病の発作に恐々としつつも医者の目を盗み麦酒をがぶがぶ……。ご存知百閒先生が、己の病、身体、健康について飄々と綴った随筆を集成したアンソロジー。
204220-9

う-9-7 東京焼盡(しょうじん) 内田百閒
空襲に明け暮れる太平洋戦争末期の日々を、文学の目と現実の目をないまぜつつ綴る日録。詩精神あふれる稀有の東京空襲体験記。
204340-4

う-9-10 阿呆の鳥飼 内田百閒
鶯の鳴き方が悪いと気に病み、漱石山房に文鳥を連れて行く……。『ノラや』の著者が小動物たちとの暮らしを綴る掌篇集。〈解説〉角田光代
206258-0

う-9-11 大貧帳 内田百閒
お金はなくても腹の底はいつも福福である――質屋、借金、原稿料……飄然としたなかに笑いが滲みでる。百鬼園先生独特の諧謔に彩られた貧乏美学エッセイ。
206469-0

う-37-1
怠惰の美徳
梅崎春生
荻原魚雷編
戦後派を代表する作家が、怠け者のまま如何に生きてきたかを綴った随筆と短篇小説を収録。真面目で変でおもしろい、ユーモア溢れる文庫オリジナル作品集。
206540-6

お-2-10
ゴルフ 酒 旅
大岡昇平
獅子文六、石原慎太郎ら文士とのゴルフ、一年におよぶ米欧旅行の見聞……。多忙な作家の執筆の合間には、いつも「ゴルフ、酒、旅」があった。〈解説〉宮田毬栄
206224-5

お-2-11
ミンドロ島ふたたび
大岡昇平
自らの生と死との彷徨の跡。亡き戦友への追慕と鎮魂の情をこめて、詩情ゆたかに戦場の島を描く。『俘虜記』の舞台、ミンドロ、レイテへの旅。〈解説〉湯川 豊
206272-6

お-2-12
大岡昇平 歴史小説集成
大岡昇平
「挙兵」「吉村虎太郎」など長篇『天誅組』に連なる作品群ほか、「高杉晋作」「竜馬殺し」「将門記」など戦争小説としての歴史小説全10編。〈解説〉川村 湊
206352-5

お-2-13
レイテ戦記（一）
大岡昇平
太平洋戦争の天王山・レイテ島での死闘を再現した戦記文学の金字塔。巻末に講演「『レイテ戦記』の意図」を付す。毎日芸術賞受賞。〈解説〉大江健三郎
206576-5

お-2-14
レイテ戦記（二）
大岡昇平
リモン峠で戦った第一師団の歩兵は、日本の歴史自身と戦っていたのである――インタビュー「『レイテ戦記』を語る」を収録。〈解説〉加賀乙彦
206580-2

お-2-15
レイテ戦記（三）
大岡昇平
マッカーサー大将がレイテ戦終結を宣言後も、徹底抗戦を続ける日本軍。大西巨人との対談「戦争・文学・人間」を巻末に新収録。〈解説〉菅野昭正
206595-6

お-2-16
レイテ戦記（四）
大岡昇平
太平洋戦争最悪の戦場を鎮魂の祈りを込め描く著者渾身の巨篇。巻末に「連載後記」、エッセイ「『レイテ戦記』を直す」を新たに付す。〈解説〉加藤陽子
206610-6

各書目の下段の数字はISBNコードです。978-4-12が省略してあります。

か-18-7
どくろ杯 金子光晴
『こがね蟲』で詩壇に登場した詩人は、その輝きを残し、夫人と中国に渡る。長い放浪の旅が始まった――青春と詩を描く自伝。〈解説〉中野孝次
204406-7

か-18-8
マレー蘭印紀行 金子光晴
昭和初年、夫人三千代とともに流浪する詩人の旅はいつ果てるともなくつづく。東南アジアの自然の色彩と生きるものの営為を描く。〈解説〉松本　亮
204448-7

か-18-9
ねむれ巴里 金子光晴
深い傷心を抱きつつ、夫人三千代と日本を脱出した詩人はヨーロッパをあてどなく流浪する。『どくろ杯』につづく自伝第二部。〈解説〉中野孝次
204541-5

か-18-10
西ひがし 金子光晴
暗い時代を予感しながら、喧噪渦巻く東南アジアにさまよう詩人の終りのない旅。『どくろ杯』『ねむれ巴里』につづく放浪の自伝。〈解説〉中野孝次
204952-9

か-18-11
世界見世物づくし 金子光晴
放浪の詩人金子光晴。長崎・上海・ジャワ・巴里へと至るそれぞれの土地を透徹な目で眺めてきた漂泊の詩人が綴るエッセイ。
205041-9

か-18-12
じぶんというもの 金子光晴老境随想　金子光晴
友情、恋愛、芸術や書について――波瀾万丈の人生を経て老境にいたった漂泊の詩人が、人生の後輩に贈る人生指南。〈巻末イラストエッセイ〉ヤマザキマリ
206228-3

か-18-13
自由について 金子光晴老境随想　金子光晴
自らの息子の徴兵忌避の顚末を振り返った「徴兵忌避の仕返し恐る」ほか、戦時中も反骨精神を貫き通した詩人の本領発揮のエッセイ集。〈解説〉池内恵
206242-9

か-18-14
マレーの感傷 金子光晴初期紀行拾遺　金子光晴
中国、南洋から欧州へ。詩人の流浪の旅を当時の雑誌掲載作品や手帳などから編集する。晩年の自伝三部作へ連なる原石的作品集。〈解説〉鈴村和成
206444-7

く-20-1
猫
クラフト・エヴィング商會
井伏鱒二／
谷崎潤一郎他
猫と暮らし、猫を愛した作家たちが思い思いに綴った珠玉の短篇集が、半世紀ぶりに生まれかわる。ゆったり流れる時間のなかで、人と動物のふれあいが浮かび上がる、贅沢な一冊。
205228-4

た-30-6
鍵 棟方志功全板画収載
谷崎潤一郎
妻の肉体に死をすら打ち込む男と、死に至るまで誘惑することを貞節と考える妻。性の悦楽と恐怖を限界点まで追求した問題の長篇。〈解説〉綱淵謙錠
200053-7

た-30-7
台所太平記
谷崎潤一郎
若さ溢れる女性たちが惹き起す騒動で、千倉家のお台所はてんやわんや。愛情とユーモアに満ちた筆で描く抱腹絶倒の女中さん列伝。〈解説〉阿部 昭
200088-9

た-30-10
瘋癲(ふうてん)老人日記
谷崎潤一郎
七十七歳の卯木は美しく驕慢な嫁颯子に魅かれ、変形的間接的な方法で性的快楽を得ようとする。老いの身の性と死の対決を芸術の世界に昇華させた名作。
203818-9

た-30-11
人魚の嘆き・魔術師
谷崎潤一郎
愛親覚羅氏の王朝が六月の牡丹のように栄え耀いていた時分――南京の貴公子の人魚への讃嘆、また魔術師と半羊神の妖しい世界に遊ぶ。〈解説〉中井英夫
200519-3

た-30-13
細雪（全）
谷崎潤一郎
大阪船場の旧家蒔岡家の美しい四姉妹を優雅な風俗・行事とともに描く。女性への永遠の願いを〝雪子〟に託す谷崎文学の代表作。〈解説〉田辺聖子
200991-2

た-30-18
春琴抄・吉野葛
谷崎潤一郎
美貌と才気に恵まれた盲目の地唄の師匠春琴。その弟子佐助は献身と愛ゆえに自らも盲目となる――代表作『春琴抄』と『吉野葛』を収録。〈解説〉河野多恵子
201290-5

た-30-19
潤一郎訳 源氏物語 巻一
谷崎潤一郎
文豪谷崎の流麗完璧な現代語訳による日本の誇る古典。日本画壇の巨匠14人による挿画入り絵巻。本巻は「桐壺」より「花散里」までを収録。〈解説〉池田彌三郎
201825-9

各書目の下段の数字はISBNコードです。978-4-12が省略してあります。

た-30-20
潤一郎訳 源氏物語 巻二
谷崎潤一郎
文豪谷崎の流麗完璧な現代語訳による日本の誇る古典。日本画壇の巨匠14人による挿画入り。本巻は「須磨」より「胡蝶」までを収録。〈解説〉池田彌三郎
201826-6

た-30-21
潤一郎訳 源氏物語 巻三
谷崎潤一郎
文豪谷崎の流麗完璧な現代語訳による日本の誇る古典。日本画壇の巨匠14人による挿画入り絵巻。本巻は「螢」より「若菜」までを収録。〈解説〉池田彌三郎
201834-1

た-30-22
潤一郎訳 源氏物語 巻四
谷崎潤一郎
文豪谷崎の流麗完璧な現代語訳による日本の誇る古典。日本画壇の巨匠14人による挿画入り絵巻。本巻は「柏木」より「総角」までを収録。〈解説〉池田彌三郎
201841-9

た-30-23
潤一郎訳 源氏物語 巻五
谷崎潤一郎
文豪谷崎の流麗完璧な現代語訳による日本の誇る古典。日本画壇の巨匠14人による挿画入り絵巻。本巻は「早蕨」から「夢浮橋」までを収録。〈解説〉池田彌三郎
201848-8

た-30-24
盲目物語
谷崎潤一郎
長政・勝家二人の武将に嫁し、戦国の残酷な世を生きた小谷方と淀君ら三人の姫君の境涯を、盲いの法師が絶妙な語り口で物語る名作。〈解説〉佐伯彰一
202003-0

た-30-25
お艶殺し
谷崎潤一郎
駿河屋の一人娘お艶と奉公人新助は雪の夜駆落ちした。幸せを求めた道行きだった筈が……。芸術とは何かを探求した「金色の死」併載。〈解説〉佐伯彰一
202006-1

た-30-26
乱菊物語
谷崎潤一郎
戦乱の室町、播州の太守赤松家と執権浦上家の確執を史的背景に、谷崎が〝自由なる空想〟を繰り広げた伝奇ロマン（前篇のみで中断）。〈解説〉佐伯彰一
202335-2

た-30-27
陰翳礼讃
谷崎潤一郎
日本の伝統美の本質を、かげや隈の内に見出す「陰翳礼讃」「厠のいろいろ」を始め、「恋愛及び色情」「客ぎらい」など随想六篇を収む。〈解説〉吉行淳之介
202413-7

た-30-28
文章読本
谷崎潤一郎
正しく文学作品を鑑賞し、美しい文章を書こうと願うすべての人の必読書。文章入門としてだけでなく文豪の豊かな経験談でもある。〈解説〉吉行淳之介
202535-6

た-30-29
潤一郎ラビリンスⅠ 初期短編集
谷崎潤一郎
千葉俊二編
官能的耽美的な美の飽くなき追求を鮮烈に描く「刺青」など八篇、反自然主義の旗手として登場した若き谷崎の初期短篇名作集。〈解説〉千葉俊二
203148-7

た-30-30
潤一郎ラビリンスⅡ マゾヒズム小説集
谷崎潤一郎
千葉俊二編
「饒太郎」「蘿洞先生」「続蘿洞先生」「赤い屋根」など五篇。自らマゾヒストを表明した饒太郎、そのきわめて秘密の快楽の果ては……。〈解説〉千葉俊二
203173-9

た-30-31
潤一郎ラビリンスⅢ 自画像
谷崎潤一郎
千葉俊二編
神童と謳われた少年時代、青春の彷徨、精神主義からの堕落、天才を発揮し独自の芸術を拓く自伝的作品「異端者の悲しみ」など四篇。〈解説〉千葉俊二
203198-2

た-30-32
潤一郎ラビリンスⅣ 近代情痴集
谷崎潤一郎
千葉俊二編
上州屋の跡取り巳之介はお才に迷い、騙されても欺れてもこりずに追い求める。谷崎描く究極の情痴の世界「お才と巳之介」ほか五篇。〈解説〉千葉俊二
203223-1

た-30-33
潤一郎ラビリンスⅤ 少年の王国
谷崎潤一郎
千葉俊二編
子供から大人の世界へ、現実から夢へと越境する少年を描いた秀作。「小僧の夢」「二人の稚児」「小さな王国」「母を恋ふる記」など五篇。〈解説〉千葉俊二
203247-7

た-30-34
潤一郎ラビリンスⅥ 異国綺談
谷崎潤一郎
千葉俊二編
谷崎の前半生を貫く西洋崇拝を表す「独探」、白楽天や蘇東坡の漢詩文以来の物語空間を有する西湖を舞台に描く「西湖の月」等六篇。〈解説〉千葉俊二
203270-5

た-30-35
潤一郎ラビリンスⅦ 怪奇幻想倶楽部
谷崎潤一郎
千葉俊二編
凄艶な美女による凄惨な殺人劇「白晝鬼語」ほか、日本探偵小説の先駆的作品ともいえる、怪奇・幻想の世界を描く五篇を収める。〈解説〉千葉俊二
203294-1

各書目の下段の数字はISBNコードです。978-4-12が省略してあります。

た-30-36
潤一郎ラビリンスⅧ 犯罪小説集
谷崎潤一郎
千葉俊二編
日常の中に隠された恐しい犯罪を緻密な推理で探る「途上」、犯罪者の心理を執拗にえぐり出す「或る罪の動機」など、犯罪小説七篇。〈解説〉千葉俊二
203316-0

た-30-37
潤一郎ラビリンスⅨ 浅草小説集
谷崎潤一郎
千葉俊二編
谷崎が幼児期から馴染んだ東京の大衆娯楽地、浅草。芸術論に明け暮れ、猥雑な街に集う画家や歌唄い達の哀歓を描く「鮫人」ほか二篇。〈解説〉千葉俊二
203338-2

た-30-38
潤一郎ラビリンスⅩ 分身物語
谷崎潤一郎
千葉俊二編
芸術的天才の青野とその天分を羨やむ大川の話、Aは善の、Bは悪の小説家。又は西洋と東洋など自己の内なる対立と照応を描く三篇。〈解説〉千葉俊二
203360-3

た-30-39
潤一郎ラビリンスⅪ 銀幕の彼方
谷崎潤一郎
千葉俊二編
映画という芸術表現に魅了されその発展に多大な期待を寄せた谷崎。「人面疽」「アヹ・マリア」他、映画に関するエッセイ六篇を収録。〈解説〉千葉俊二
203383-2

た-30-40
潤一郎ラビリンスⅫ 神と人との間
谷崎潤一郎
千葉俊二編
小田原事件を背景に、谷崎・佐藤・千代夫人の関係を虚構を交えて描く「神と人との間」ほか、「既婚者と離婚者」「鶴唳」を収める。〈解説〉千葉俊二
203405-1

た-30-41
潤一郎ラビリンスⅩⅢ 官能小説集
谷崎潤一郎
千葉俊二編
恋愛は芸術である——人間の欲望を束縛する社会の制約をはぎ取って官能の熱風に結ばれる男と女の物語「熱風に吹かれて」など三篇。〈解説〉千葉俊二
203426-6

た-30-42
潤一郎ラビリンスⅩⅣ 女人幻想
谷崎潤一郎
千葉俊二編
思春期を境に生ずる男女の美の変化、天成の麗質に研きをかける女性的美への倦むことのない追求を描く「女人神聖」「創造」「亡友」。〈解説〉千葉俊二
203448-8

た-30-43
潤一郎ラビリンスⅩⅤ 横浜ストーリー
谷崎潤一郎
千葉俊二編
〝美しい夢〟の世界を実現すべく映画制作に打ち込む主人公を描く「肉塊」、横浜時代の暮しぶりを回想したエッセイ「港の人々」の二篇。〈解説〉千葉俊二
203467-9

た-30-44
潤一郎ラビリンスXVI 戯曲傑作集
谷崎潤一郎
千葉俊二編
〝読むための戯曲〟として書いた二十四篇のうち「恋を知る頃」「恐怖時代」「お国と五平」「白狐の湯」「無明と愛染」の五篇を収める。〈解説〉千葉俊二
203487-7

た-30-45
歌々板画巻（うたうたはんがかん）
谷崎潤一郎歌
棟方志功板
文豪谷崎の和歌に棟方志功が「板画」を彫った二十四点に、挿画をめぐる二人の愉快な対談をそえておくる。芸術家ふたりが互角にとりくんだ愉しい一冊である。
204383-1

た-30-46
武州公秘話
谷崎潤一郎
敵の首級を洗い清める美女の様子にみせられた少年——戦国時代に題材をとり、奔放な着想をもりこんで描かれた伝奇ロマン。木村荘八挿画収載。〈解説〉佐伯彰一
204518-7

た-30-47
聞書抄（ききがきしょう）
谷崎潤一郎
落魄した石田三成の娘の前にあらわれた盲目の法師。彼が語りはじめたこの世の地獄絵巻とは。菅楯彦による連載時の挿画七十三葉を完全収載。〈解説〉千葉俊二
204577-4

た-30-48
月と狂言師
谷崎潤一郎
昭和二十年代に発表された随筆に、「疎開日記」を加えた全七篇。空爆をさけ疎開していた日々のなかできれぎれに思いかえされる風雅なよろこび。〈解説〉千葉俊二
204615-3

た-30-49
谷崎潤一郎─渡辺千萬子 往復書簡
谷崎潤一郎
渡辺千萬子
複雑な谷崎家の人間関係の中にあって、作家晩年の私生活と文学に最も影響を及ぼした女性との往復書簡。「文庫版のためのあとがき」を付す。〈解説〉千葉俊二
204634-4

た-30-50
少将滋幹の母（しげもと）
谷崎潤一郎
母を恋い慕う幼い滋幹は、宮中奥深く権力者に囲われた母の元に通う。平安文学に材をとった谷崎文学の傑作。小倉遊亀による挿画完全収載。〈解説〉千葉俊二
204664-1

た-30-52
痴人の愛
谷崎潤一郎
美少女ナオミの若々しい肢体にひかれ、やがて成熟したその奔放な魅力のとりことなった譲治。女の魔性に跪く男の惑乱と陶酔を描く。〈解説〉河野多恵子
204767-9

各書目の下段の数字はISBNコードです。978－4－12が省略してあります。

た-30-53
卍（まんじ）
谷崎潤一郎
光子という美の奴隷となった柿内夫妻は、卍のように絡みあいながら破滅に向かう。官能的な愛のなかに心理的マゾヒズムを描いた傑作。〈解説〉千葉俊二
204766-2

た-30-54
夢の浮橋
谷崎潤一郎
夭折した母によく似た継母。主人公は継母への憧れと生母への思慕から二人を意識の中で混同させてゆく。谷崎文学における母恋物語の白眉。〈解説〉千葉俊二
204913-0

た-30-55
猫と庄造と二人のをんな
谷崎潤一郎
猫に嫉妬する妻と元妻、そして女より猫がかわいくてたまらない男が繰り広げる軽妙な心理コメディの傑作。安井曾太郎の挿画収載。〈解説〉千葉俊二
205815-6

な-66-1
中国書人伝
中田勇次郎編
王羲之より始まり古今に冠絶する二十九家を選び、その生涯を明らかにする。貝塚茂樹、井上靖ほか、作家碩学による中国書人の伝記。詳細な年譜を付す。
206148-4

ふ-2-5
みちのくの人形たち
深沢七郎
お産が近づくと屏風を借りにくる村人たち、両腕のない仏さまと人形——奇習と宿業の中に生の暗闇を描いた表題作をはじめ七篇を収録。〈解説〉荒川洋治
205644-2

ふ-2-6
庶民烈伝
深沢七郎
周囲を気遣って本音は言わずにいる老婆（「おくま嘘歌」）、美しくも滑稽な四姉妹（「お燈明の姉妹」）ほか、烈しくも哀愁漂う庶民を描いた連作短篇集。〈解説〉蜂飼　耳
205745-6

ふ-2-7
楢山節考／東北の神武たち　深沢七郎初期短篇集
深沢七郎
「楢山節考」をはじめとする初期短篇のほか、伊藤整・武田泰淳・三島由紀夫による選評などを収録。文壇に衝撃をもって迎えられた当時の様子を再現する。〈解説〉小山田浩子
206010-4

ふ-2-8
言わなければよかったのに日記
深沢七郎
小説「楢山節考」でデビューした著者が、武田泰淳、正宗白鳥ら畏敬する作家との交流を綴る文壇日記。巻末に武田百合子との対談を付す。〈解説〉尾辻克彦
206443-0

ま-46-1
完本 麿赤兒自伝 憂き世 戯れて候ふ
麿 赤兒
舞踏集団「大駱駝艦」を率いその芸術表現を高く評価される世界的舞踏家・麿赤兒。70年代のアングラ時代から現在まで波瀾万丈の半生を綴った熱気溢れる自伝。
206446-1

み-9-6
太陽と鉄
三島由紀夫
三島ミスチシズムの精髄を明かす表題作。作家として自立するまでを語る「私の遍歴時代」。三島文学の本質を明かす自伝的作品二篇。〈解説〉佐伯彰一
201468-8

み-9-7
文章読本
三島由紀夫
あらゆる様式の文章・技巧の面白さ美しさを、該博な知識と豊富な実例と実作の経験から詳細に解明した万人必読の文章読本。〈解説〉野口武彦
202488-5

み-9-9
作家論 新装版
三島由紀夫
森鷗外、谷崎潤一郎、川端康成ら作家15人の詩精神と美意識を解明。『太陽と鉄』と共に「批評の仕事の二本の柱」と自認する書。〈解説〉関川夏央
206259-7

み-9-10
荒野より 新装版
三島由紀夫
不気味な青年の訪れを綴った短編「荒野より」、東京五輪観戦記「オリンピック」など、〈楯の会〉結成前の心境を綴った作品集。〈解説〉猪瀬直樹
206265-8

み-9-11
小説読本
三島由紀夫
作家を志す人々のために「小説とは何か」を解き明かし、自ら実践する小説作法を披瀝する、三島由紀夫による小説指南の書。〈解説〉平野啓一郎
206302-0

み-9-12
古典文学読本
三島由紀夫
「日本文学小史」をはじめ、独自の美意識によって古今集や能、葉隠まで古典の魅力を綴った秀抜なエッセイを初集成。文庫オリジナル。〈解説〉富岡幸一郎
206323-5

む-11-4
極上の流転 堀文子への旅
村松友視
九五歳を超えてなお、新作を描き続ける画家、堀文子。その毅然とした生き方と、独特のユーモアに魅了された著者が描く渾身の評伝。巻末に堀文子との対談を付す。
206187-3